Uwe Goeritz

# Drei verrückte Weihnachtswünsche

Bibliografische Information der Deutschen Nationalbibliothek:

Die Deutsche Nationalbibliothek verzeichnet diese Publikation in der Deutschen National-bibliografie; detaillierte bibliografische Daten sind im Internet über http://dnb.dnb.de abruf-bar.

Coverfotos: von Myriam Zilles und Open-Clipart-Vectors auf Pixabay

Titelgestaltung: Uwe Goeritz

Herstellung und Verlag: BoD – Books on Demand, Norderstedt

**ISBN: 978-3-7494-8575-8**

# Inhaltsverzeichnis

## Drei verrückte Weihnachtswünsche

Das Schicksal führt drei Menschen in einer eingeschneiten Almhütte zusammen. Michael und seine Tochter treffen auf Barbara. Jeder der drei Menschen hat einen besonderen Wunsch zu Weihnachten und bis zum Fest ist es nur noch eine Woche. Während Barbara das Glück der verlorenen Kindheit wiederfinden will, will Michael nur seine Ruhe haben und etwas Zeit mit seiner Tochter Leonie verbringen, bevor diese in die Schule kommen wird. Leonie hingegen hatte sich eine neue Mutter gewünscht.

Werden alle Wünsche wahr werden können? Oder sind diese drei Wünsche eigentlich nur ein einziger, gemeinsamer Wunsch?

Diese Erzählung kann Spuren von Sex enthalten und sollte daher Jugendlichen unter 16 Jahren nicht zugänglich gemacht werden. Sämtliche Figuren, Firmen und Ereignisse dieser Erzählung sind frei erfunden. Jede Ähnlichkeit mit echten Personen, ob lebend oder tot, ist rein zufällig und vom Autor nicht beabsichtigt.

## 1. Kapitel

# Winterwald

arbara stapfte trotzig durch den knietiefen Schnee. Die dicke Pudelmütze hatte sie sich fest über die Ohren gezogen und den Schal nach oben vor den Mund gebunden. Nur in die Nase und die Wangen konnte so der Frost zwacken. Der schwere Rucksack drückte auf ihre Schultern und sie ging schnaufend den Weg zwischen den verschneiten Bäumen hinauf. Jeder in dem Dorf hatte ihr von dem Weg abgeraten und doch hatte sie ja die Hütte von Willy für zwei Wochen gemietet. Keinen Tag davon wollte sie verschwenden.

Der Weg wurde steiler und damit auch beschwerlicher. Zu viel Zeit hatte sie im Tal mit der Fragerei verschwendet, ob sie jemand mit einem Schneemobil nach oben bringen konnte. Vor vielen Jahren war sie im Sommer oben auf dieser Alm gewesen. Das war zwanzig Jahre her! Sie war jetzt sechsundzwanzig und die Erinnerung an einen glücklichen Sommer zog sie diesen Berg immer weiter nach oben.

Nur noch eine Woche bis Weihnachten! Die Kräfte ließen langsam nach und sie musste sich auch noch beeilen, da der Tag sich dem Ende zu neigte. In der Nacht wollte sie nicht im Schnee bleiben und darum musste Barbara den richtigen Zeitpunkt abpassen, zu dem sie den Weg nach oben noch schaffen konnte, bevor sie eventuell umkehren, absteigen und es am nächsten Tag neu versuchen musste.

Innerlich fluchte sie über die vertrödelte Zeit. Willy hatte ihr gesagt, dass in der Hütte alles für ihren Urlaub bereit war. Anfang der Woche hatte er alles auf seinem Rücken nach oben getragen. Dummerweise war er beim Abstieg gestürzt und hatte nun ein Gipsbein. Sonst hätte er sie wohl mit seinem Schneemobil ein Stück des beschwerlichen Weges bringen können.

Minus zwölf Grad! Trotz dieser Kälte schwitzte Barbara unter ihrem Anorak. Die Frau blieb stehen und sah sich um. Jetzt musste sie ungefähr in der Mitte des Weges sein. Würde sie es schaffen? Die Nadelbäume mit ihren Mützen aus Schnee waren nur eine Armlänge von ihr entfernt. Der Weg schlängelte sich hinter und vor ihr am Berg entlang. Weiter oben würden die Bäume kleiner werden. Zumindest hatte das Willy behauptete. Hier waren sie immer noch riesig, wie sie bemerkte, als sie den Kopf ins Genick legte.

Ihr Atem flog als weiße Wolke davon und vereiste dabei ihren Schal vor dem Mund. Oben musste sie in der Hütte auch noch Feuer machen, denn mit den durchschwitzen Sachen würde sie sich sonst eine Erkältung holen!

„Los jetzt!", trieb sie sich selbst lautstark an und die Worte verklangen im Unterholz des Waldes. Vor ihr war noch unberührter Schnee. Mit jedem Schritt sank sie nun immer weiter in die Schneedecke ein. Hatte es unten gerade bis zur Wade und damit bis zur Oberkante ihrer Stiefel gereicht, so war es jetzt schon weit über ihrem Knie. Der geschmolzene Schnee war schon lange in ihren Stiefeln angekommen und die dicken Socken fühlten sich klatschnass an.

Schritt für Schritt zog sie sich vorwärts. Schon vor ein paar hundert Meter hatte sie nun beschlossen, nach oben zu gehen, egal was werden würde.

Die Spur durch den Tannenwald ließ ihr wenigstens keine Zeit für nutzlose Gedanken. Schnaufend schob sie sich einfach weiter. Es war ein Wettlauf gegen die Zeit, welchen sie eigentlich nicht gewinnen konnte. Wenn sie sich kurz umsah, dann sah sie schon, dass das Tal unter ihr im Dunkel der Nacht versunken war. Nur der Hang wurde noch von der untergehenden Sonne beschienen.

Doch die Linie des Schattens folgte ihr unaufhörlich. Jedes Mal, wenn sie über die Schulter zurücksah, war diese Dämmerungslinie etwas weiter oben und auch näher an sie heran gerückt. Mit anderen Worten, die Sonne versank schneller, als Barbara gehen konnte.

Vermutlich würde sie erst im Dunkeln die Hütte erreichen. Sie tastete zur Außentasche des Rucksacks, in welche sie die große Stabtaschenlampe gesteckt hatte. Durch den Handschuh hindurch spürte sie die stählerne Lampenhülle. Im Notfall konnte sie ja auch noch die Bergwacht rufen, die sie vom Berg holen konnte. Das würde dann zwar eine Weile dauern, aber sie würde trotzdem sicher gerettet werden. Hoffentlich!

Endlich waren die Bäume nur noch ebenso groß, wie sie selbst. Das bedeutete doch, dass sie es fast geschafft hatte. Mit der Mobilisierung der letzten Reserven stapfte sie nun viel schneller den Bergpfad hinauf.

Als sie nach dem Winterwald auf die Freifläche am Gipfel trat, da holte sie die Dämmerung ein! Das Dunkel der Nacht umfing sie!

Barbara zog die Taschenlampe und der Strahl flammte auf. Doch nun war ja auch kein Weg mehr vor ihr zu sehen. Ein weißes Tuch aus Schnee, das von ein paar hüfthohen Sträuchern durchbrochen war, lag vor ihr. Glitzernd reflektierte der Schnee das Lampenlicht. Bisher hatten die Bäume die Richtung vorgegeben. Es mochten wohl nicht mehr wie fünfhundert Schritte sein, doch wo war die Hütte?

Sie blieb an dieser Stelle stehen und holte sich die Erinnerung zurück. Mehr als einen Monat waren sie damals auf der Alm gewesen, da musste doch so etwas wie eine Orientierung in ihrem Kopf zurückgeblieben sein.

Mit Erschrecken fiel ihr wieder ein, wie sie sich vor ein paar Wochen auf einem Parkplatz eines Einkaufszentrums verlaufen hatte und nur mithilfe des Wachdienstes ihr Auto hatte wiederfinden können.

„Links oder rechts?", fragte sie sich im Gedanken. Eine verschneite Hütte im tiefen Schnee. Wo sollte sie suchen? Ruhelos ging ihr Blick über die Freifläche. Dann blitze ein Licht auf. Links! Wo es Licht gab, da gab es auch Menschen, oder hatte Willy das Licht angelassen? Vielleicht eine mit Solarstrom betrieben Lampe an der Hütte? Egal! Ihr Ziel war nun klar.

Nur dorthin, so schnell es ging. Hier auf der Bergspitze war es nun relativ flach und so konnte Barbara schneller laufen. Der Schnee reichte ihr jetzt auch nur noch bis unterhalb des Knies, das erleichterte das Rennen etwas. Wie lange brannte wohl so eine Lampe, nachdem die Sonne untergegangen war? Stunden? Oder nur Minuten?

Schnaufend hastete sie durch den Schnee. Immer den hellen Schein vor sich, der langsam immer größer wurde. Hatte Willy ihr nicht etwas von Petroleumlampen erzählt und ihr dafür sogar noch Streichhölzer mitgegeben? Hoffentlich hatte er beim Verlassen der Hütte nicht das Licht angelassen, sonst würde das Öl sicher bald zu Ende sein.

Das Licht kam aus einem der Fenster, das konnte sie nun schon deutlich erkennen. Noch zwanzig Schritte vielleicht. Barbara rutschte aus und fiel der Länge nach in den Schnee. Sie rappelte sich auf und lief weiter.

Dann hatte sie die Hütte erreicht. Der Taschenlampenstrahl erfasste die Tür, die sie aufriss und in den Raum torkelte. Ein Mann in einem Rentierpullover stand vor ihr und sah sie mit aufgerissenen Augen an. Ein kleines Mädchen im Schlafanzug, mit einem Teddybären in der Hand, stand zwei Schritte hinter ihm und schrie vor Angst auf.

## 2. Kapitel

# Wichtelmanns Irrtum

---

Mit einem, selbst für ihn, überraschend lauten Geräusch klappte Michael das Buch zu. „Nur noch eine Geschichte!", begann die Tochter zu betteln. „Du hattest doch schon drei!", entgegnete er und legte das Buch zur Seite. Aber so schnell wollte die Sechsjährige wohl nicht aufgeben. Mit einem bettelnden Blick begann sie „Aber hier gibt es doch kein Fernsehen und auch sonst nichts!" „Na dann solltest du dich jetzt waschen und in dein Bett gehen. Morgen können wir dann Rodeln gehen!", erklärte er und erhob sich von der Eckbank. „Noch einen Tee!", setzte Leonie ihm entgegen. „OK! Einen Tee! Den mache ich dir, während du dich wäschst. Abgemacht?" „Abgemacht", entgegnete die Tochter und ging langsam aus dem Raum.

„Erster Urlaubstag", dachte Michael, ging zum Herd hinüber und setzte eine Topf mit Wasser auf das Feuer. Hier war alles etwas spartanisch eingerichtet. Kein Strom, kein fließendes Wasser und auch weder Telefon noch irgendeine andere Ablenkung. Nur pure Entspannung und Freizeit. Er hatte genau diese Abgeschiedenheit gewählt, damit nicht ständig das Handy klingelte und einer seiner Kollegen eine sinnlose Frage stellte. Das Wasser begann auf dem Herd zu kochen und er überlegte sich, das Tee in der Kühle des Abends gar keine so schlechte Idee war. Michael griff zur zweiten Tasse, hängte einen Teebeutel hinein und goss das Wasser auf.

Pfefferminztee für Leonie und einen Rotbuschtee für sich selbst. Mit der Eieruhr würde er die Zeit messen. „Das Wasser ist ja kalt!", maulte Leonie aus dem Badezimmer. „Was hast du denn erwartete?", fragte er zurück, nahm den Topf mit dem Wasser und trug diesen zu ihr. Schnell war das kalte Wasser in der Schüssel mit dem heißen Wasser aus dem Topf vermischt. Michael steckte vorsichtshalber seine Hand in die Schüssel und nickte der Tochter zu.

„Hast du auch noch was für meinen Zahnputzbecher?", fragte sie und hielt die umfunktionierte Tasse hin. „Ich mache noch mal Wasser warm", entgegnete er und ging mit dem Topf zurück zum Herd. Dieses Wasser musste ja nicht kochen und es würde sicherlich schon warm sein, wenn der Tee fertig war.

Eigentlich hätte die Tochter doch schon längst vor Erschöpfung schlafen müssen. Der anstrengende Aufstieg auf diese Hütte hatte selbst ihn erschöpft. Um wie viel schwerer hatte es da wohl die Tochter gehabt? Zwar waren sie die erste Hälfte mit einem Schneemobil gebracht worden, aber der Marsch war trotzdem beschwerlich gewesen. Schön, aber anstrengend.

Vermutlich hielt nur noch der Trotz die Tochter wach. Oder war es die Tatsache, dass er den Schlitten mit den Vorräten den Berg heraufgezerrt hatte und Leonie ihm nur in der Spur gefolgt war? Zumindest spürte er die Strapazen des Aufstieges immer noch in seinen Armen. Von seinem Bürojob war er körperliche Anstrengung nicht mehr gewöhnt.

„Leonie. Kommst du?", rief er, um die immer noch trödelnde Tochter anzutreiben. Im nächsten Jahr würde für sie die Schule beginnen, aber er hatte das Gefühl, dass sie noch nicht wirklich bereit dafür war. Vielleicht wollte er auch nur nicht loslassen? Michael brachte den Tee zum Tisch und die Tochter kam im Schlafanzug mit ihrem geliebten Teddybären aus dem Bad.

Im selben Moment flog die Hüttentür auf und eine Person wankte in den Raum. „Ein Waldgeist!", schrie das Mädchen und auch er hatte sich kurz davor erschreckt.

Die weiße, vermummte Gestalt stand direkt vor ihm und er war zusammengezuckt. „Wer sind sie? Was machen sie hier?", fragte er und die Gestalt zog sich mühsam den Schal aus dem Gesicht.

Eine durchaus attraktive Frau kam zum Vorschein. Das Gesicht war rot vom Frost. „Ich suche die Hütte von Willy Wichtelmann", sagte die Frau. „Die haben sie gefunden!", antwortete Michael und setzte hinzu „Was wollen sie den hier?" „Ich habe die Hütte für meinen Urlaub von ihm gemietet", erklärte sie und Michael entgegnete „Und wir haben sie von seiner Tochter gemietet! Machen sie doch aber erst mal die Tür zu. Es zieht!"

Die Frau drehte sich um und schob die Holztür hinter sich zu, danach drehte sie sich wieder um und sah sich in der Hütte um. „Und was machen wir nun?", fragte sie schließlich. „Wir trinken jetzt Tee. Ich weiß nicht, was sie machen werden. Aber sicher werden sie sich erkälten in den nassen Sachen", entgegnete ihr Michael und ging die zwei Schritte bis zum Tisch, wo schon der dampfende Tee auf ihn wartete.

Auch Leonie setzte sich neben ihn. Mit den Tassen in der Hand sahen sie zu der Frau, die immer noch mitten im Raum stand, während der langsam schmelzende Schnee auf ihrer Kleidung eine Lache rund um sie bildete. „Aber das geht so nicht!", presste sie heraus. Michael nahm einen Schluck von dem leckeren Tee. „Wir bleiben hier noch zwei Wochen! Bis nach Silvester", legte er fest und schnitt ihr damit offensichtlich das Wort ab.

Die Frau schien nach Worten zu ringen. „Nein! Ich bleibe hier noch zwei Wochen!", entgegnete sie ihm nach einer Weile ziemlich trotzig. Der Spruch hätte in derselben Art und mit diesem Tonfall auch von Leonie kommen können. Die saß neben ihm und presste ihren Bären an sich. Offensichtlich hatte sie nun wieder einen Grund gefunden, um nicht in ihr Bett gehen zu müssen.

„Trink deinen Tee aus und ab in die Falle!", ermahnte er die Tochter, gab ihr aber gleichzeitig auch noch ein Leberwurstbrot. Eigentlich ziemlich inkonsequent von ihm. Immer noch stand die Frau tropfend vor dem Tisch. „Was nun?", fragte er sie.

„Das müssen wir klären!", antwortete sie und er zeigte auf das dunkle Fenster. „Aber nicht mehr heute. Und wenn sie weiter den Fußboden so Volltropfen, dann müssen sie das später auch noch aufwischen!", antwortete Michael und stand auf. Er schob die sich heftig wehrende Tochter samt Bären in das kleine Schlafzimmer. Direkt an der Frau vorbei, die ihn ziemlich entgeistert ansah.

„Zuerst gekommen, Hütte bezogen!", sagte er, als er aus dem Zimmer zurück in den großen Raum kam. „Und nun?", fragte sie wieder, als hatte er ihr das nicht schon zuvor erklärt. Daher musste er wohl deutlicher werden. „Ich werde hier mit Leonie zwei Wochen Urlaub machen und sie steigen morgen früh wieder in das Tal hinab!", erklärte er ihr ziemlich entschlossen.

„Irrtum! Sie steigen morgen hinab! Ich mache hier Urlaub!", erwiderte sie, zog sich die Handschuhe aus und warf diese auf den Tisch. Die Mütze und der Schal folgten. Ihr langes braunes Haar fiel ihr über die Schultern, während sie zornig den Kopf schüttelte.

## 3. Kapitel

# Streitereien

---

*D*as fehlte ja gerade noch, dass sie einfach so den Platz räumen würde! Barbara warf zornig die Mütze und die Handschuhe auf den Tisch. Der Tag wurde nicht besser! Als Nächstes musste der Rucksack endlich von ihrem Rücken, der drückte viel zu sehr. Mit einem ziemlich lauten Geräusch fiel der schwere Sack zu Boden und sofort war das Kind wieder im Raum. Der Mann verschwand und drückte das Mädchen, vor sich her, zurück in den kleinen Raum, in dem sie früher auch geschlafen hatte.

Barbara sah sich aufmerksam im Raum um. Hier sah alles noch so aus, wie sie es in der Erinnerung gehabt hatte. Selbst die eine Tasse, die jetzt auf dem Tisch stand, hatte sie noch im Gedächtnis. Zumindest musste sie den Kamin nicht anheizen, es war schon schön warm. Die Hitze der Stube löste den Frost der Winternacht ab und es zwickte in der gefrosteten Gesichtshaut.

„Sie sollten jetzt aus den nassen Sachen raus, sonst bekommen sie noch Fieber und können morgen nicht hinab steigen!", sagte der Mann, als er zurück zum Tisch kam. „Sie werden morgen gehen, aber trotzdem haben sie im Moment recht", antwortete sie, zog sich den Reißverschluss des Anoraks auf und hängte das nasse Kleidungsstück in der Nähe des Herdes an einen Haken. „Hier gibt es ja keine Dusche", sagte sie zögerlich und sah sich erneut um. Vielleicht war in den letzten zwanzig Jahren wenigstens ein bisschen Fortschritt hier auf den Berg gekommen, doch der Mann schüttelte den Kopf.

Barbara kramte ihre Wäsche aus dem Rucksack, ging in das winzige Badezimmer, was diesen Ausdruck eigentlich nicht wirklich verdient hatte, und verriegelte hinter sich die Tür. Schnell zog sie sich die feuchte Kleidung aus, rubbelte sich mit dem Handtuch trocken und zog sich trockene Sachen an. Mit einem Arm voller tropfender Kleidungsstücke betrat sie die Stube wieder und ging zum Herd zurück, wo sie die Kleidung über einen Stuhl zum Trocknen aufhing.

„Sie haben da was verloren", sagte der Mann und zeigte zur Badtür, wo ihr Slip mitten im Weg lag. Schnell hob sie ihn auf und hängte ihn unter ihre restlichen Sachen.

„Haben sie auch etwas Wasser für eine Tee?",
fragte sie und er zeigte auf den Topf, in dem noch
etwas Wasser vor sich hin dampfte. „Tassen sind
links im Schrank", setzte er hinzu, als sie aus dem
Rucksack die Packung mit den Teebeuteln her-
vorgekramt hatte. Ein leckerer Kräutertee war
jetzt genau das, was sie auch von Innen erwärmen
würde. Mit dem Handschuh nahm sie den heißen
Topf und goss das Wasser in die Tasse. Immer
noch brodelte es in ihr und das vermutlich mehr,
als es das Wasser im Kessel tat.

Sie war hier hochgekommen, um in Ruhe
nachzudenken und nun war nichts mit Ruhe! Sie
musste sich mit diesen „Eindringlingen" herum-
ärgern. „Also ich werde hier nicht weggehen!",
sagte sie bestimmt, als sie sich an den Tisch setzte. „Das werden wir ja sehen. Ich habe die Buchungsbestätigung hier!", entgegnete der Mann
und zog ein großes Blatt Papier aus einer Tasche.
Flüchtig warf sie einen Blick darauf. Es stimmte!
Herr und Frau Wichtelmann hatten die Hütte
gleichzeitig doppelt vermietet. „So ein Mist!",
brach es aus ihr heraus und sie setzte trotzig ein
„Trotzdem bleibe ich!" hinzu.

Nah am warmen Herd hatte sie sich auf die
Bank gesetzt. Nun drang die Wärme langsam

durch das T-Shirt und den Tee wärmte zusätzlich auch noch ihren Bauch. Der Mann verwahrte die Buchungsbestätigung wieder in der Tasche und sagte kein Wort mehr.

„Also, ich will meinen Urlaub hier alleine sein!", setzte sie schließlich hinzu und er setzte die Tasse ziemlich hart auf den Tisch. „Was sie wollen ist mir eigentlich egal. Meine Tochter und ich, wir brauchen diesen Urlaub hier ganz dringend!", blaffte er sie an.

Es war Zeit zum Streiten und sie hatte genau die richtige Stimmung dafür. Der Frust der letzten Stunden musste endlich raus. Unkontrolliert schaukelte sich die Situation hoch, bis das Mädchen wieder im Raum stand und fragte „Warum brüllt ihr denn so?"

Der Mann stand auf, und nahm die Kleine mit. Jetzt war Zeit zum Nachdenken. Der Druck war erst mal weg. Das war jetzt nötig gewesen. Nun konnte sie wieder einigermaßen klar denken. Was würde nun sein? Sie wollte nicht zwei Wochen mit den beiden auf dieser Hütte bleiben. Dazu war hier einfach nicht genug Platz. Man konnte sich hier kaum aus dem Weg gehen! Sie würde bleiben, aber gehen würden die beiden sicherlich auch nicht freiwillig.

Das musste auf einen Kompromiss hinauslaufen. Zumindest erst einmal für diese erste Nacht. Am Morgen konnte sie dann noch einmal überlegen, was werden sollte. Die Mutter hatte immer gesagt „Der Morgen ist klüger, als der Abend!"

Langsam zog es ihr die Augen zu. Im Moment war sie einfach nur noch müde und erschöpft. Der Streit hatte die restlichen Kräfte aufgebraucht. Laut musste sie gähnen.

Er war immer noch nicht zurück und die Tür zum Schlafzimmer stand so verlockend offen. Hier in der Hütte gab es immer noch nur diese drei Schlafgelegenheiten: das Ehebett dort drin, das Kinderbett in dem kleinen Zimmer und diese Eckbank, auf der sie gerade saß. Das hölzerne Ding knarrte und war nicht halb so bequem, wie das gemütliche und sicher warme Federbett da drin. So lange der Mann nicht da war, konnte sie ja vollendete Tatsachen schaffen!

So schnell sie nur konnte, war sie zur Schlafstube hinübergelaufen, hatte sich unterwegs die
Jeans vom Leib gezogen und war unter der Decke
verschwunden, bevor der Mann das andere Zimmer wieder verlassen hatte.

Nur einen Augenblick später stand er vor der
offen gebliebenen Tür und sah sie an. „Raus hier!
Das ist mein Bett", sagte er zu ihr. Aber immer
noch leise, da er wohl seine Tochter nicht wecken
wollte. „Nun ist es meines!", beharrte Barbara auf
ihrer einseitigen Entscheidung. Mit ein paar
schnellen Schritten war er vor dem Bett und versuchte ihr die Decke wegzuziehen, die sie aber
festhielt.

So zogen sie nun zu zweit an diesem Federbett. „Lassen sie das! Ich habe keine Hose an!",
sagte sie und zog mit beiden Armen an den Zip-
feln der Decke. Barbara hatte sich regelrecht hin-
eingekrallt und er würde ihr Gewalt antun müssen, um sie aus dem Bett zu bekommen. Doch im
Moment war sie zu Müde, um Angst zu haben.

Es dauerte eine ganze Weile des Hin und Her
Zerrens, bis er schließlich aufgab und zu ihr sagte
„Dann geben sie mir wenigstens meinen Schlaf-

anzug!" „Das fehlte noch! Ich lasse los und sie nehmen mir die Decke!", entgegnete sie entschlossen.

Der Mann kratzte sich am Kopf, fasste unter die Decke und berührte dabei ihr nacktes Bein. Schnell zog sie es fort. Mit einem neuen Griff hatte er seine Sachen in der Hand, murmelte ein unfreundliches „Gute Nacht" und schloss die Tür hinter sich.

Nun war sie alleine, aber er war im Nebenraum! Würde er sie schlafen lassen? Oder in der Nacht dennoch ihre Decke holen wollen? Doch die Müdigkeit und die Wärme des Bettes schlossen Barbara die Augen, bevor sie eine Antwort darauf gefunden hatte.

## 4. Kapitel

# Träume und Irrungen

*D*iese Frau hatte sie einfach nur erschreckt. Leonie dachte wieder an Felix, der ihr im Kindergarten diese Geschichten erzählt hatte. Von Trollen und Waldgeistern. Und genauso hatte sie sich einen Waldgeist vorgestellt. Sie fand es blöd, dass ihr Vater sie auf diese Hütte geschleppt hatte. Eine Woche bis Weihnachten! Keine Freunde zum Spielen in der Nähe. Das Handy hatte kein Netz und Strom gab es auch nicht in dieser Abgeschiedenheit. Natürlich war es toll, dass ihr Vater endlich mal Zeit hatte, um mit ihr zu spielen, aber hätte er das nicht auch zu Hause machen können?

Leonie setzte sich an den Tisch und sah auf den Teller. Leberwurstschnitten! Zumindest das hatte der Vater noch gewusst. Am Abend Leberwurst, am Morgen Nussnougatcreme! Bei der Leberwurst dachte sie an die Babysitterin, die sich sonst um sie kümmerte, wenn der Vater keine Zeit für sie hatte. Manchmal stritten sie um die Schnitten, da Tamara diese auch gern aß. Aber Tamara war gerade mal doppelt so alt, wie sie selbst!

Manchmal kam sie sich selbst viel Erwachsener vor, als das andere Mädchen. Leonie biss in die Schnitte und dachte kauend an ihren Weihnachtswunsch. Mit viel Mühe hatte sie dem Weihnachtsmann einen Brief geschrieben. Die Erzieherin im Kindergarten hatte ihr dabei geholfen. Nur ein paar Worte war dieser Wunsch lang gewesen und doch war es genau das, was sie sich sehnlichst wünschte.

„Ich möchte eine neue Mama!", sauste ihr Wunsch wieder durch ihren Kopf. Dabei lief eine Träne über ihre Wange, denn sie musste an ihr Mama denken, die im Frühling einen Autounfall gehabt hatte und nun, wie ihre Vater es ihr gesagt hatte, von da oben auf sie herab sah. Vielleicht saß sie im Moment neben dem Weihnachtsmann und las den Brief.

Insgeheim hatte es Leonie natürlich dabei auf Greta abgesehen. Die Erzieherin in ihrer Gruppe spielte immer mit ihr und war auch sonst genauso, wie sie sich eine Mama vorstellen konnte. Und dann war der Vater mit ihr hierher gefahren. Weit weg von Greta!

Alles so schön eingefädelt und dann hatte es trotzdem nicht funktioniert. Oder zumindest noch nicht.

„Trödel nicht!", sagte der Vater und sie sah in ihren Tee. Dass er ihr überhaupt eine Schnitte gemacht hatte, das hatte an dem Schrecken vor der Frau gelegen. Zum Trost sozusagen. Nun ging es in ihr Bett. Den Bären fest im Griff schlurfte sie zur Zimmertür hinüber. Sie lief an der Frau vorbei und sah sie schräg von unten aus an. Dann war sie in ihrem Bett und nur kurze Zeit später war ein dumpfes Geräusch zu hören gewesen.

Schnell war sie aus dem Bett und zurückgelaufen, doch ihr Vater brachte sie sofort in den Raum zurück. „Schlaf jetzt!", sagte er und ging, aber Leonie war im Moment nicht nach schlafen zumute. Was wollte diese Frau hier? Greta war viel Hübscher und sah sie auch immer anders an. Diese Frau hatte so komisch geschaut, als sie den Bären in den Arm genommen hatte.

„Die bekommt meinen Papa nicht!", flüsterte Leonie und drücke ihren Bären neben sich in das Bett. Als ihr die Augen gerade zufallen wollten, setzte nebenan ein Lärm ein, dass sie sofort wieder aus dem Bett sprang. Ein lautstarker Streit darüber, wem die Hütte gehörte, war von den beiden zu hören.

Still rieb sie sich die Hände. Wer streitet, der redet nicht miteinander. Das war zumindest in ihrem Kindergarten so. Und wieder war das die Gelegenheit, um nach drüben zu gehen. Dass sie gerade noch müde gewesen war, das war im Moment vergessen. Hier war ja auch sonst nichts los!

Die beiden Erwachsenen saßen am Tisch und redeten so laut, dass sie es nicht überhören konnte. Zwei Versuche brauchte sie, bevor ihre Stimme den Lärm der beiden durchbrochen hatte. Einen Moment später lag sie wieder im Bett und hielt ihren Vater fest. „Eine Geschichte!", bettelte sie und zeigte auf das Buch, welches auf dem Nachtisch lag. „Aber nur eine kurze!", sagte er und schlug das Buch auf.

Er begann und Leonie zog es die Augen zu. Der doch sehr anstrengende Tag forderte nun ihren Schlaf ein. Immer leiser wurde die Stimme des Vaters und ging in einen Traum über. Leonie war bei ihrer Mutter auf einer Wolke. So vieles wollte sie fragen, so vieles erzählen. Am Meisten interessierte sie aber, ob es wohl mit Greta als ihrer neuen Mama etwas werden konnte. Schließlich stand das ja auch so in ihrem Weihnachtswunsch. Doch die Mutter schwieg dazu.

Im Halbschlaf wechselte Leonie in das Zimmer ihres Vaters, welches sich nebenan befand. Ohne wirklich aufzuwachen, schlüpfte sie unter die Decke und sofort setzte der Traum wieder ein. Diesmal sah sie Greta, mit der sie spielte, wie sie es immer mit ihr im Kindergarten machte. Der Traum war so schön und realistisch, dass sich Leonie dabei an ihren Vater ankuschelte. Auch das wieder, ohne wirklich dabei wach zu werden.

Konnte der Weihnachtswunsch wahr werden? Vielleicht! Zumindest hatte Leonie schon verstanden, dass sie ihre Mama nicht mehr zurückbekommen würde. Aber ohne Mutter wollte sie nun auch nicht sein. Greta war die perfekte Ersatzmutter! Blieb ihr ja nur übrig, die beiden irgendwie zusammenzubringen.

Der Traum endete und Leonie schlug die Augen auf. Sie lag wirklich im Bett ihres Vaters, aber ihr Vater lag nicht neben ihr! Solche langen Haare hatte der nicht! Die Frau lag im Bett ihres Vaters! Wo war der Vater? Auch hier? Das durfte nicht sein!

Leonie schreckte auf und schrie. Neben ihr zuckte die Frau zusammen und die Tür des Raumes flog auf. Mit einem Satz war sie aus dem Bett und klammerte sich an ihren Vater. Zum Glück war nichts passiert. Noch gab es eine Chance für Greta!

## 5. Kapitel

# Gefangen

---

Der Schrei des Mädchens hatte sie geweckt und Barbara saß nun im Bett. Die Tür flog auf und der Mann stürmte in Unterwäsche in den Raum. „Was ist hier los?", fragte er und die Kleine sprang zu ihm. „Ich dachte, du bist im Bett", sagte sie leise und klammerte sich an ihn an. „Könnt ihr jetzt mal bitte gehen?", fragte Barbara und zog sich die Decke hoch. Das T-Shirt war in der Nacht hochgerutscht und das Mädchen hatte beim Aufstehen die Decke zur Seite gezogen.

Einen Augenblick später waren die beiden draußen und die Türe zu. Die kleine Petroleumlampe funzelte ein schwaches Licht in den Raum. Die war sicher am Abend an geblieben. Barbara drehte das Licht etwas höher. Nun war sie wach und ließ sich gleichzeitig wieder zurück in das Bett fallen. Jetzt erst realisierte sie, dass sie mit einem wildfremden Mann praktisch im selben Raum geschlafen hatte. Die Tür war offen gewesen. Es hätte alles Mögliche in dieser Nacht passieren können!

Die Thriller, die sie in ihrem Bücherregal zu Hause stehen hatte, fielen ihr wieder ein. Da ging das auch immer so los. Hilflose Frau, einsames Haus, ein Mann und dann …. Sie konnte von Glück sagen, dass sie noch lebte, unversehrt geblieben war und nur das Mädchen den Weg in das Bett gefunden hatte. Barbara sah sich nach ihrer Jeans um, aber die hatte sie vor der Tür fallen lassen. Damit lag die Hose nun draußen!

„Mist!", stöhnte sie und setzte sich auf. Auch der Rucksack war in der Stube geblieben. Nun würde sie ohne Hose, nur im Slip und T-Shirt, zu dem Mann hinaus müssen. Immer noch hatte sie aber keine Idee, wie es nun mit der Hütte weitergehen sollte.

Ins Tal hinuntersteigen und Willy zur Rede stellen! Das war das einzige, was ihr einfiel und vielleicht hatte er eine Idee. Oder sollte sie den Mann mit dem Kind nach unten jagen? Schließlich war es ja Willys Hütte und nicht die seiner Tochter. Was hatte die überhaupt für ein Recht, diese Hütte zu vermieten!

Doch zuerst musste sie an ihre Kleidung kommen und die war vor der Tür! Gab es hier nicht irgendetwas in dem Raum, was sie anziehen konnte? Ihr Blick ging unstet umher. „Der Schrank!", rief sie aus, als sie den alten Kasten da stehen sah. Mit einem Satz war sie aus dem Bett, zog die schweren Holztüren auf und sah hinein. Die Kleidung des Mannes hing darin, aber die Hosen waren ihr zwei Nummern zu groß. Mindestens! Zögernd stieg sie in das erste Hosenbein, dann in das zweite. Das sah so lächerlich aus, aber sie hatte endlich etwas an. Mit einem Knoten zog sie die Hose am Bund vorn zusammen. Es musste ja nur ein paar Schritte halten. Nur bis in das Bad und unterwegs lag ihre Jeans.

Entschlossen schob sie die Tür auf, trat hinaus in den Raum, nahm ihre Hose und das Waschzeug und lief damit zum Bad. Den Mann und seine Tochter ignorierte sie. Die standen am Tisch und unterhielten sich über irgendetwas. Es war noch dunkel und eine Kerze leuchtete auf dem Tisch.

Barbara schlug die Badtür hinter sich zu. Hier drin war es allerdings vollkommen finster. Warum war sie so früh aufgestanden? Wegen des schreienden Kindes! Sollte sie die Lampe holen? Nein! Sie tastete sich umher. Schüssel und Wasser waren da. Der Rest war in der Waschtasche.

In der Finsternis wusch sie sich, dabei fiel ihr auch die Taschenlampe ein, aber die war ebenfalls draußen bei ihrer Jacke.

Ein neuer Tag und schon wieder ging alles schief! Das konnte ein toller Urlaub werden! Im stockdunklen Bad putzte sie sich abschließend die Zähne.

Angezogen ging sie nach draußen und setzte sich an den Tisch. Die beiden Mitbewohner waren nicht zu sehen. Würde es ihr etwas nutzen, wenn sie bei dem Mann ein bisschen auf die Tränendrüse drücken würde? Wenn sie ihr letztes Jahr schildern würde, dann wäre die Hütte ganz sicher ihre. Die Kerzenflamme zuckte und sie sah auf. Der Mann kam aus dem Zimmer des Mädchens, ging mit einer Lampe in das Bad und holte dann die Kleine. Barbara stand auf, setzte Wasser auf den Herd und angelte einen Teebeutel aus ihrem Rucksack. Dabei fiel ihr Blick auf die Armbanduhr des Mannes, die dieser auf dem Tisch hatte liegen lassen.

Neun Uhr dreißig! Und immer noch dunkel? Da stimmte doch etwas nicht! Mit der Petroleumlampe trat sie an das Fenster und sah in eine glitzernd weiße Fläche. Die Fenster waren voller Schnee! Da konnte die Sonne ja nicht hindurch Scheinen. Der Mann kam zum Tisch und sie zeigte wortlos mit der Hand auf das Fenster. „Ich gehe mal raus und mache es sauber!", sagte er, da er ihren Wink offensichtlich verstanden hatte. Gemächlich zog er sich die Jacke über und ging zur Tür.

Als er diese öffnete, stand er vor einer weißen Wand. Auch gegen die Tür war der Schnee geweht worden. Er begann oben den Schnee zur Seite zu schieben, aber er grub nur ein Loch in den Schnee. Keine Sonne kam durch! Immer weiter schob er sich nach draußen. Barbara faste in dieser Zeit den Entschluss, in das Tal hinabzusteigen. Sie packte ihren Rucksack und prüfte, ob die Jacke schon wieder trocken war. Willy musste eine Lösung finden! Vielleicht hatte er ja noch eine Hütte und sie konnte dann täglich am Berg sein. Wandern im Schnee und Skilaufen. Das wäre es doch!

Nach einer halben Stunde kam der Mann in den Raum zurück und sagte „Wir sind offensichtlich eingeschneit. Das ist keine Verwehung. Ich bin mühsam etwa zwei Meter vorangekommen und noch immer im Schnee gewesen!" „So ein

Mist!", stieß Barbara aus und sah in ihre Tasse. Jetzt würde sie weiter in der Hütte bleiben müssen und die beiden Störenfriede konnten diese auch nicht verlassen. Wenig Platz für drei Menschen! Der Kompromiss war nun, sich zu arrangieren, bis die Rettung kam. Die Jacke fand wieder ihren Platz am Haken und der Rucksack neben dem Herd.

Das Mädchen betrat den Raum, ging zu einem Weihnachtskalender, der offensichtlich selbst gebastelt war und öffnete ein Türchen. Ein kleiner Plüschhase war darin versteckt und Barbara erinnerte sich daran, dass sie einst auch so einen gehabt hatte. Nur ein bisschen größer.

„Aber wir wollten doch Rodeln gehen!", rief das Mädchen aus, als der Mann mitten im Raum den Schnee von der Jacke klopfte. „Das geht leider nicht. Wir sind hier eingeschlossen!", antwortete der Mann und hängte seine Jacke an den Haken neben dem Herd. „Und das Holz? Wie lange reicht das?", fragte Barbara und der Mann sah zur Ecke, in welcher das Brennholz gestapelt war. „Zwei oder drei Tage", entgegnete er und setzte dann hinzu, „Das Petroleum wird wahrscheinlich eher knapp. Wir sollten nur eine Lampe anzünden oder eine der Kerzen hier benutzen!" Der Mann sammelte die Lampen ein und löschte alle bis auf eine.

Nun war die Stube der einzige Raum, in welchem noch etwas Licht war. Der Kamin und die Petroleumlampe auf dem Tisch sorgten für Beleuchtung und das Feuer im Kamin für wohlige Wärme. Aber sie konnten sich nicht aus dem Weg gehen. Nun noch viel weniger, als zuvor.

Alle in der Stube und alle zusammen an einem Tisch? Barbara verdrehte die Augen. Nicht nur, dass sie praktisch hier drin gefangen war, nein, sie war auch noch dazu verdammt, hier mit den beiden anderen am Tisch zu sitzen.

„Na das kann ja heiter werden!", entfuhr es ihr. Der Mann entgegnete, „Wir können ja *Mensch ärgere dich nicht* spielen" „Oh ja!", rief das Mädchen von der Tür aus. „Ich bin in der Hölle!", stöhnte Barbara und ließ ihren Kopf auf die Tischplatte sinken.

## 6. Kapitel

# Kinderspiele?

So war der Urlaub eigentlich nicht geplant gewesen, aber nun musste er eben das Beste daraus machen. Die Frau konnte nicht fort und er auch nicht. Sie waren hier praktisch eingeschlossen. Wie konnte so viel Schnee eigentlich in nur einer Nacht fallen? Am Abend lag der Schnee noch nicht einmal kniehoch und nun? Zwei Meter Neuschnee in einer Nacht! Und das völlig geräuschlos. Leise rieselt der Schnee! Doch dass er in solchen Mengen rieselte, das verblüffte Michael dann schon.

Zum Glück hatte er ein paar Bücher mit Geschichten für Leonie eingepackt, aber eigentlich wollten sie Rodeln und im Schnee spielen. Wie lange würden sie warten müssen, bevor einer von der Bergwacht zu ihnen kommen würde, um ihnen zu helfen? Einen Tag oder zwei? Höchstens! Bis dahin musste er sich eben irgendwie die Zeit vertreiben und vor allem Leonie beschäftigen.

In einem der Schränke hatte er ein paar Brett- und Kartenspiele gesehen und nun wusste er auch, warum die wohl da drin waren. Er durch- suchte die Spiele und fand ein altes, abgegriffenes „Mensch ärgere dich nicht" Spiel. Das hatte er als Kind geliebt und stundenlang mit den Eltern oder Freunden spielen können. Das ging gut zu zweit und vielleicht würde die Frau ja auch mitspielen. So richtig begeistert sah sie darüber zwar nicht aus, aber was sollte sie anderes machen?

Er baute das Spiel auf und die Frau suchte sich ein Buch aus dem Rucksack. Während Leo- nie die Würfel nahm, setzte sie sich an das Feuer und begann in dem Buch zu lesen. Im Scheine des Feuers hockte sie dort und er musste zwangs- läufig zu ihr hinübersehen, schließlich saß sie hinter Leonie, und damit direkt vor ihm.

Das Spiel begann. Schon bald hatte Leonie ihn durchschaut, dass er absichtlich verlor, auch wenn das bei einem Würfelspiel nicht ganz so einfach gewesen war. „Du lässt mich ja gewin- nen!", brach es aus der Tochter heraus und schon war sie schmollend mit ihrem Teddy in der Ecke der Hütte. Es würde eine Weile dauern, bis sie dort wieder hervorkam, aber er kannte seine Tochter ja. Oder hoffte, sie zu kennen.

Seine Gedanken flogen zurück. Natürlich war es Mist gewesen, dass er sich fast das ganze Jahr nicht um sie gekümmert hatte, aber der Job hatte ihm kaum Zeit gegeben. Gerade nach dem Unfalltod seiner Frau hatte Michael sich in die Arbeit gestürzt, um nicht nachdenken zu müssen. Die Trauerbewältigung bei Leonie hatte er einer zwölfjährigen überlassen! Das sagte wohl schon alles über ihn aus. Sonderbarerweise hatte es die Tochter ganz gut verkraftet, wie er fand.

Wieder saß sie so, dass er an der Frau vorbeisehen musste, wenn er zu ihr hinübersehen wollte. Mit dem Teddy auf dem Schoss spielend, hockte Leonie in der Ecke der Hütte und er hatte nichts zu tun. Außer Tee zu kochen. „Wollen sie auch einen Tee?", fragte er die Frau, als er sich vom Tisch erhob. Sie blickte auf, nickte und angelte einen Teebeutel aus einer Schachtel mit Kräutertee.

„Danke", sagte sie leise, dann vertiefte sie sich wieder in das Buch. Es war ein Thriller, den er auch schon mal gelesen hatte. Nicht die richtige Lektüre, wenn sie hier oben alleine geblieben wäre. Zumindest hatte sich seine Frau damals immer an ihn angekuschelt, als sie das Buch gelesen hatte.

Er stand am Herd und sah in den Topf. Es dauerte eine Weile, bis das Wasser kochte, dann goss er die beiden Tassen voll. Michael übergab ihr die eine Tasse und setzte sich mit seiner an den Tisch zurück. Dort lehnte er sich an die Wand. Sie las, Leonie schmollte und er hing in seinen Gedanken fest. Drei Menschen in einem Raum und jeder für sich. Gemeinsam einsam. Was für ein Urlaub! Aber er wollte ja Ruhe haben. Nun hatte er sie. Keiner sagte etwas. Gedanken kreisen durch seinen Kopf. Ein Jahr flog an ihm vorbei.

Langweilig und zäh tröpfelte der Tag dahin. Immer wieder legte er Holz im Kamin nach und dabei zog diese Frau seinen Blick zu sich. Sie war sehr hübsch, wie er fand. Während sie das Buch las, spielte sie mit einer Locke, die weit auf ihre Schulter gefallen war. Das sah irgendwie ganz niedlich aus, wie sie da so auf dem Hocker saß. Die Knie hochgezogen und das Buch darauf abgelegt. Sie trug dicke Wollsocken und einen Rollkragenpullover über einer Jeans.

Irgendwann legte sie das Buch fort und kam zum Tisch. Ein Gespräch begann über alles Mögliche. Der Streit des Abends zuvor war lange vergessen. Er war nicht nachtragen. Warum auch?

Willy Wichtelmann hatte die Hütte doppelt vermietet. Und? Platz war ja genug da, wenn man sich verstand. Und er konnte etwas Ablenkung gut vertragen. Ruhe war schon ein zweischneidiges Schwert.

Vielleicht war er Ruhe auch nicht mehr gewöhnt. Leonie saß weiter in der Ecke und er sah in die Augen der Frau. Diese Augen waren wunderschön. Grün und Mandelförmig. Leicht schräg stehen, wie bei einer Katze. Etwas Magisches lag darin! Dieser Blick hatte ihn gefangen!

Sie begann über ihr Jahr zu erzählen. Sofort lag etwas Vertrautes in der Unterhaltung, die sie mit immer mehr Tee führten. Der Unfalltod ihrer Mutter schien sie besonders getroffen zu haben und damit begann wohl ein ziemlich katastrophales Jahr für sie. Während Leonie immer noch schmollte, erzählte die Frau, die sich mit Barbara vorgestellt hatte, überschlagend über ein Jahr, was auch ihm zugesetzt hätte.

Es schien für sie mit jedem Monat immer schlimmer geworden zu sein. Nach dem Tod der Mutter hatte sie ihr Freund betrogen, sie hatte ihren Job verloren und nun war vor vier Wochen auch noch ihr Vater gestorben.

Irgendwie bedauerte er sie. „Hier in dieser Hüte habe ich den besten Sommer meines Lebens verbracht. Ich war damals so alt wie sie." Dabei zeigte sie auf Leonie und setzte fort „Ich dachte, ich finde hier das Glück wieder." Eine Träne rollte über ihre Wange und er musste sie über den Tisch hinweg tröstend in den Arm nehmen. Da war so eine Art von innerem Zwang und die Frau ließ es zu.

Nach Stunden war Leonie in der Ecke eingeschlafen und er brachte die Tochter auf seinen Armen in ihr Bett hinüber. Zurück in der Stube sah er in die Kiste mit den Spielen. „Wollen wir etwas spielen?", fragte er und die Frau sah ihn ungläubig an. „Mensch ärgere dich nicht?", entgegnete sie und er hob ein Kartenspiel aus der Kiste. „Vielleicht Poker?", fragte er und sah, wie sie die Augenbrauen hochzog.

„Was ist denn dabei der Einsatz?", fragte sie und setzte hinzu „Aber kein Strip-Poker!" Michael kratzte sich am Kopf und sah sich um. Spielchips waren keine zu finden. Was konnte er nehmen? Ein altes Party-Spiel aus Studentenzeiten fiel ihm wieder ein. „Schnaps-Poker!", sagte er und zog eine Flasche Pflaumenschnaps hervor, die Willy wohl hier oben vergessen hatte. „Schnaps-Poker?", fragte Barbara zweifelnd und er erklärte „Wer verliert, der trinkt einen Schnaps" „Du willst mich wohl betrunken machen?", fragte sie und er lächelte ihren Einwand weg.

Flasche, Gläser und Karten fanden ihren Platz auf dem Tisch. Die Frau spielte gut und verlor kaum ein Spiel. Ihm kam das sehr entgegen. Den Schnaps hätte er auch so getrunken, aber so machte das viel mehr Spaß. Ein feucht-fröhlicher Abend begann und nach einer Stunde war das Spielglück in etwa ausgeglichen. Die erste Flasche war leer und Barbara holte die zweite aus dem Schrank. Der Likör war richtig lecker.

Eigentlich mochte er das süße Zeug ja nicht, aber dieser hier war sehr gut. Und es war der einzige Schnaps, der hier in der Hütte zu finden war. Die halbe Flasche Rum, die er mitgebracht hatte, wollte er für eventuell gemachten Grog aufheben. Auch die zweite Flasche Likör neigte sich bald ihrem Ende zu. Das Lachen der Frau war einfach nur herzerfrischend.

## 7. Kapitel

# Zweifel

---

Diesmal war es Barbara, die schreiend erwachte. Sie lag nackt im Bett, der Mann, ebenfalls nackt, halb über ihr und ihr Kopf brummte. Was war hier los? Der Mann rappelte sich mühsam hoch und fasste sich an den Kopf. Schnell riss sie die Bettdecke an sich und zog diese bis unter die Achseln hoch. Der Mann sah sie ratlos an und auch sie wusste nicht, was hier passiert war. Die Bilder des Abends setzten sich langsam in ihrem Kopf zusammen. „Scheiß Schnaps!", brachte sie mühsam heraus. Die Zunge fühlte sich an, als ob sie eine Socke die ganze Nacht im Mund gehabt hätte.

„Das wollte ich nicht", sagte der Mann und rollte sich aus dem Bett. „Haben wir etwa?", fragte sie und sah unter die Decke. Das Höschen mit den kleinen roten Herzen hing aber über dem Bettpfosten, da brauchte sie gar nicht an ihrem Körper danach zu suchen.

Mühsam sammelte der Mann seine Sachen zusammen und hatte gerade seine Boxershorts an, als das Kind mit verschlafenen Augen um die Ecke des Schlafzimmers blickte. Mit den Worten „Sie hat nur schlecht geträumt", versuchte der Mann das Kind aus dem Zimmer zu bekommen. „Wenn es mal bloß ein schlechter Traum gewesen wäre", sauste es durch Barbaras Kopf, aber die zwei benutzten Kondome auf dem Nachttisch erzählten da eine andere Geschichte.

Wie hatte der Mann in seinem Zustand eigentlich noch daran denken können? Oder war er gar nicht so betrunken gewesen, wie sie es gewesen war? Ein leichter Zweifel schlich sich in ihren Kopf. Hatte er ihre Hilflosigkeit ausgenutzt?

Das Kind war draußen und sie zeigte auf den Nachtisch. „Hattest du das geplant?", fragte sie und der Mann schüttelte den Kopf. „Ich kann mich auch an nichts mehr erinnern", erklärte er. „Na einer von uns muss ja noch bei einigermaßen klaren Verstand gewesen sein", antwortete sie schnippisch und hielt sich den schmerzenden Kopf. „Ich mache mal Tee", sagte er und sie entgegnete „Ist auch Kaffee da? Den würde ich jetzt lieber trinken" „Ich schau mal nach", sagte er und schloss die Tür hinter sich.

Barbara ließ sich zurück in das Bett fallen. Verzweifelt versuchte sie sich an irgendetwas zu erinnern, aber nach dem Beginn des Pokerspieles war alles im Dunklen verschwunden. Schnaps-Poker! Was für eine verrückte Idee! Totaler Filmriss! Das war ihr selbst in Teenagerzeiten nicht passiert. Mühsam versuchte sie sich immer weiter zu erinnern, aber alles blieb verschwunden. Wäre sie nicht immer noch nackt, hätte sie sagen können, dass nichts passiert war. Aber so? Und dann die beiden Kondome?

„Der hat mich absichtlich abgefüllt und dann flach gelegt!", murmelte sie, denn anders konnte es ja nicht gewesen sein. In ihrem Zustand hätte sie niemals an Kondome gedacht, geschweige denn, eines übergezogen bekommen. Und überhaupt! Wieso hatte er die Dinger überhaupt mit? Er wollte Urlaub mit der Tochter machen. Alleine! Da dachte man wohl zuallerletzt daran, eine Packung Kondome in den Koffer zu packen. Sie hatte es ja auch nicht getan! Ihr Blick blieb auf den zwei lang ausgelegten Gummihäuten hängen.

Das war Absicht gewesen! Ganz sicher! Und Männer vertragen ja sowieso mehr Schnaps, als Frauen. Ein Specht hämmerte von innen gegen ihren Kopf. Mit beiden Händen presste sie gegen ihre pochenden Schläfen und versuchte das Tier zum Schweigen zu bringen.

Mühevoll setzte sie die Beine aus dem Bett und sah sich um. Nackt hockte sie auf der Bettkante. Höschen und Pullover waren alles, was hier in diesem Raum war. Wo war der Rest ihrer Kleidung? Der BH musste doch auch hier sein.

Doch trotz angestrengte Suche waren diese beiden Kleidungsstücke alles, was sie fand. Also zog sie den Pullover über die nackte Haut. Er war so lang, dass er über ihren Hintern fiel und damit das Höschen vollständig bedeckte. So würde sie hinaus müssen! Schnell öffnete sie die Tür. Direkt vor ihr baumelte der BH an dem Hirschgeweih neben der Kammertür. Verstohlen zog sie das Kleidungsstück herab und lief zu ihrem Rucksack. Dort kniete sie sich hin und suchte die Wechselwäsche heraus. Vor ihr auf dem Tisch standen drei leere Schnapsflaschen und ihre Jeans lag unter der Bank.

Mit Unterwäsche und Handtuch schwankte sie in das Bad. Eine Kerze spendete dort etwas Licht. Zuerst klatschte sie sich etwas kaltes Wasser in ihr Gesicht. Es klopfte und sie schreckte herum. „Ja?", fragte sie und zog den Pullover weiter herunter. Die Tür öffnete sich und er stand mit einem Topf warmen Wassers vor ihr. Schnell schüttete er es in die Schüssel und verschwand.

Der Mann vermied es, ihr in die Augen zu sehen. Also doch! Alles war klar. Wenn er unschuldig gewesen wäre, dann hätte er das sicher nicht gemacht! Oder doch? War ihm diese Situation genauso peinlich, wie ihr?

Die Zweifel bohrten sich immer weiter durch ihren Kopf und vertrieben langsam den Specht. Barbara legte den Pullover zur Seite und wusch sich im warmen Wasser. Als sie fertig war, öffnete sich die Tür und Barbara sah das Mädchen im Spiegel hinter sich stehen.

„Einen Moment noch", sagte sie, halbnackt im Bad stehend, und sah den Mann im Spiegel. „Mist!", sauste es wieder durch ihren Kopf. Schnell hatte sie die Tür zugedrückt, die neue Unterwäsche an und den Pullover drüber. Danach war sie draußen und das Mädchen im Bad.

Nun angelte sie ihre Hose mit dem Fuß unter der Bank hervor und zog sie schnell im Sitzen an. Es duftete nach Kaffee. Barbara setzte sich an den Tisch und der Mann schob ihr die Tasse zu. „Milch und Zucker?", fragte er und sie antwortete abwesend „Ja!" Er stellte beides vor sie und setzte sich. „Übrigens, ich glaube, ich habe mich noch nicht vorgestellt. Mein Name ist Michael", sagte er und hielt ihr die Hand hin. „Barbara", antwortete sie und ergriff die Hand.

Der Kaffee war gut und weckte die Lebensgeister. Ihr Blick fiel auf die drei leeren Flaschen. Eine davon nahm sie in die Hand und las das Etikett. „70 % Alkohol!", entfuhr es ihr, als sie den Aufkleber auf der Rückseite gelesen hatte. Ungläubig griff Michael zur zweiten Flasche. „Verdammt! Man sollte immer das Kleingedruckte lesen", setzte er ihr entgegen und kratzte sich am Kopf.

„Tue nicht so", sagte Barbara und setzte hinzu „Das hast du doch gewusst!" „Nein! Ich schwöre es! Der süße Likör hat den Alkohol völlig überdeckt. Aber jetzt weiß ich auch, wo die Kopfschmerzen herkommen", sagte er und räumte die leeren Flaschen in den Schrank.

„Wo hast du eigentlich die Kondome her? Und danke, dass du daran gedacht hast", sagte sie und er entgegnete ihr „Keine Ahnung. Ich dachte, du hast die mitgebracht." Barbara schüttelte den Kopf und trank den warmen Kaffee. Der war wirklich gut.

Ihr Blick ruhte auf dem Mann. Über den Tassenrand hinweg musterte sie ihn. Der Zweifel war immer noch da, aber die mahnende Stimme wurde leiser. Auch der Specht kam zu Ruhe.

## 8. Kapitel

# Der Teufel hat den Schnaps gemacht

$\mathcal{N}$atürlich wusste Michael noch einiges vom Abend zuvor, auch wenn vieles davon im Nebel lag. Dieser von Willy gebrannte Schnaps hatte es wirklich in sich gehabt. Man hätte ihn mit Wasser verdünnen sollen. Stattdessen hatten sie jeder fast einen Liter von diesem Teufelszeug getrunken. Dabei trank er selbst für gewöhnlich nicht so viel. Aus Scham hatte er Barbara angelogen. Er hatte selbst nicht begriffen, wie viel die Frau schon getrunken hatte und der Likör hatte auch ihn enthemmt. Als Barbara dann auf seinen spaßigen Vorschlag mit dem Strip-Poker eingegangen war, da hätte er stutzig werden müssen, doch er hatte einfach mitgespielt.

Er konnte sich an ihr Lachen erinnern und daran, dass er in der Unterhose saß, bevor sie das erste Spiel verloren hatte. Dann hatte er aufgeholt und schließlich waren sie im Bett gelandet. Das Spiel hatte eine andere Wendung genommen. Barbara war über ihn hergefallen, wie er es noch nie erlebt hatte. Jetzt wusste er, dass der Alkohol sämtliche Hemmungen von ihr genommen hatte. Sie war wild und unersättlich gewesen. Zum

Glück waren die Kondome im Nachtschrank gewesen.

Es war der reinste Wahnsinn gewesen! Diese Frau hatte ihn geritten, als wäre der Teufel hinter ihr her gewesen! Sinnbildlich war er das wohl auch, wenn auch nur der Teufel Alkohol. Und nun schämte er sich so sehr dafür, dass er ihr nicht mehr in die Augen sehen konnte.

„Einundzwanzigster Dezember!", rief Leonie, als sie aus dem Bad kam und zu ihrem Adventskalender lief. Er stellte das Frühstück auf den Tisch. Mit der Kerze und dem schummrigen Licht war das richtig romantisch. Barbara saß ihm gegenüber und er hielt ihrem Blick nicht stand. Er wusste, dass er sich damit verriet, aber es ging nicht anders. „Spielen wir heute wieder etwas?", fragte Leonie, am Brot kauend. Er blickte auf und sah in Barbaras Augen. Vorwurfsvoll blickte sie ihn, mit schräg gehaltenen Kopf, an. „Du wolltest es doch auch!", hätte er ihr fast gesagt, biss sich aber auf die Zunge.

„Mensch ärgere dich nicht?", fragte er. „Wenn du nicht mogelst!", sagte Leonie und er entgegnete „Versprochen!" „Spielst du auch mit?", fragte er Barbara. „Beim Würfeln kann ja nicht viel passieren", erklärte sie. Er senkte seinen Blick, räumte den Tisch ab und stellte das Brett auf.

Die Figuren eilten über das Spielfeld. Nach dem dritten Spiel protestierte Leonie, weil Barbara ständig gewann. Irgendwie schien sie den Sieg im Spiel gepachtet zu haben. Schon am Abend zuvor hatte sie fast ständig gewonnen. Dann sagte sie „Glück im Spiel ..." und ließ das Ende offen, doch ein trauriger Zug lag dabei auf ihrem Gesicht. Michael erinnerte sich an die Erzählung von ihr am Vortag. Der untreue Freund, der sie sitzen gelassen hatte. Für ein paar Augenblicke waren sie wohl beide abgelenkt und Leonie gewann das Spiel. Jubelnd rannte die Tochter daraufhin um den Tisch.

Danach wollte er die Figuren aufstellen und auch sie griff zu denselben Figuren. Für einen Moment berührten sich ihre Hände über den Tisch hinweg. Diese Berührung tat so gut und da war wiederum etwas Magisches in diesem Moment! Barbara sah ihn an und er versank erneut in ihren Augen. Doch Leonie riss ihn davon wieder fort, als sie ein Buch anbrachte und forderte „Vorlesen!"

„Der Gewinner bekommt alles!", sagte Michael und sah Barbara erneut in die Augen. Diesmal schlug sie den Blick nieder, sah ihn aber durch die Wimpern hindurch weiter an. Das Licht der Kerze funkelte in ihren Augen. Verlegen strich Barbara durch ihre Locken, legte den Kopf schief und sah zu dem Buch.

Sie war wirklich wunderschön und mit jeder Minute wurde sie nur noch schönen. Auch ohne Alkohol. Michael zog die Tochter auf den Schoß, klappte das Buch auf und las die Geschichte von der Raupe vor, die Leonie sicher schon auswendig kannte. Barbara stützte den Ellenbogen auf die Tischplatte, legte den Kopf in ihre Hand und hörte ihm mit geschlossenen Augen zu.

Da lag so etwas Kindliches in ihrer Geste. Praktisch las er gerade zwei sechsjährigen etwas vor und das machte den vergangenen Abend nur noch unmöglicher. Nach der Geschichte mit der Raupe folgte die nächste Geschichte. Er las mit verteilten Rollen und verstellter Stimme eine Geschichte nach der anderen.

Stundenlang über 300 Seiten. Barbaras Gesicht und das von Leonie glichen sich immer mehr an.

Zwei glückliche Kinder im Märchenland.

Er erinnerte sich daran, dass Barbara erzählt hatte, dass sie in diese Hütte gekommen war, weil sie hier ihre glücklichste Zeit verlebt hatte. Als sechsjährige mit Mutter und Vater, die nun beide in diesem Jahr verstorben waren. Gerade war sie wieder in ihrer Kindheit zurück.

Das Buch war zu Ende und er trug die schlafende Tochter in ihr Zimmer. Michael hatte gar nicht gemerkt, wann sie eingeschlafen war. Als er wenige Minuten später zurück in den Raum kam, saß Barbara am Tisch und blätterte in dem Buch. „Sie schläft tief und selig", sagte er leise und setzte sich zurück an den Tisch. Leise klappte sie das Buch zu und schob es zu ihm zurück.

Forschend sah sie ihn an, mit ihren großen Augen. „Und du hast wirklich keine Erinnerung an die letzte Nacht?", fragte sie und er versank in ihrem Blick. Leugnen zwecklos! Die Frau würde es durchschauen! Nur die Wahrheit konnte ihm nun noch helfen, auch, wenn es ihm schwerfiel. „Ein bisschen schon", antwortete er zögerlich.

Barbara nickte und entgegnete „Das habe ich schon vermutet!" Sie zog die Augenbrauen zusammen und es schien sich ein Unwetter in der Hütte zusammenzubrauen, deshalb setzte er schnell nach, „Aber ich habe es nicht begriffen." „Was?", fragte sie ihn und er druckste herum. „Raus mit der Sprache", forderte sie ihn auf. Offensichtlich war sie immer noch ärgerlich. „Ich habe nicht verstanden, wie betrunken du warst. Vielleicht hatte mich der Alkohol auch umnebelt. Aber der Strip-Poker war deine Idee gewesen!"

„Meine Idee? Strip-Poker?", fragte sie entsetzt und er konnte nur nickend zustimmen. „Du hättest auch beinahe gewonnen", sagte er und stand auf. Er goss etwas Wasser in den Topf. „Möchtest du auch einen Tee?", fragte er und sie nickte. „Besser als Schnaps!", entgegnete sie und sah in die Kerzenflamme. „Strip-Poker", murmelte sie. Michael drehte sich zu ihr um, versuchte einen Scherz und fragte „Lust auf ein Spiel?" Dabei hielt er die Karten hoch. Ihre Gesichtszüge hatten sich wieder geklärt. Versonnen sah sich vor sich auf den Tisch.

„Nüchtern würde ich dich jederzeit schlagen!", sagte sie und sah zu ihm auf. „Karten und Tee?", fragte Michael und Barbara streckte die Hand zu dem Spiel aus. „Five Cards Draw oder auch Fünf-Karten Stadtpoker. Ein Kleidungsstück pro Spiel!", sagte sie, wie ein professioneller Croupier. Gekonnt mischte sie die Spielkarten und gab die ersten Karten, als er mit dem Tee an den Tisch kam.

Worauf hatte er sich da bloß eingelassen! Aber für einen Rückzieher war es nun schon zu spät. Hätte er jetzt gesagt, dass es nur ein Scherz gewesen war, dann hätte sie es auf den Schnaps geschoben und ihm Absicht unterstellt. Er war gefangen.

Michael nahm seine Karten auf und fixierte seine Mitspielerin. Beim Pokern musste man bluffen können. Konnte sie das? Am Abend zuvor war ihr das ganz gut gelungen. Er hatte das in seinem Job fast täglich zu machen. Und nun? Drei Achten auf der Hand. Reichte das?

## 9. Kapitel

# Fünf Asse

ie hatte es gewusst! Und nun hatte sie die Karten in der Hand. „Was mache ich hier?", sauste es durch ihren Kopf. Eigentlich war der Mann ganz sympathisch und die Geschichten, die er vorgelesen hatte, hatten ihr Herz berührt. Und nun dieses Kartenspiel für Erwachsene! Es war ewig her, dass sie es gespielt hatte. Damals war sie meist die Gewinnerin gewesen. Lächelnd erinnerte sie sich daran, dass um sie herum alle nackt gewesen waren, während sie noch alle Sachen angehabt hatte. Irgendwann hatte ihre Freundin Karla mal schmunzelnd gesagt „Du hast das Spiel nicht verstanden!" Trotzdem hatte sie immer gewonnen. Und nun schien sich ihre Glückssträhne fortzusetzen. Das dritte Spiel und noch keines verloren!

Zum Glück schlief das Mädchen sicher schon tief. Das hier zu erklären, das würde sicherlich dauern! Sie hatte drei Könige und er musste die Socken ausziehen.

Nächstes Spiel! Neuer Tee!

Langsam mischte sie die Karten und sah dabei in seine Augen. Darin hätte sie sich verlieren können. Etwas Vertrautes lag in seinem Blick, sonst hätte sie sich sicherlich nicht auf solch ein Spiel eingelassen. Der Zweifel des Morgens war verschwunden! Weiter mischend dachte sie an diesen Morgen zurück. Wenn auch er betrunken gewesen war, dann war es vielleicht normal gewesen, dass sie in der Kiste gelandet waren. Mann und Frau, nackt in einer Hütte, betrunken und sonst nichts zu tun.

Es sollte keine Entschuldigung sein, aber ein dreiviertel Jahr war sie nun schon ohne Freund. Sie riss sich von ihren Gedanken los, gab die Karten aus und blickte noch nicht in ihr Blatt. „Was setzt du?", fragte er und sie antwortete „Meinen Pullover! Und du?" „Ich habe nur noch Hose und Unterhose!" Bedächtig sah er in seine Karten und dachte offensichtlich nach.

„Ich nehme zwei Karten!", sagte Michael nach einer Weile und gab ihr die Karten zurück. Er nahm seine von ihr entgegen und sah sie kurz an. Nun nahm auch Barbara die Karten auf, tauschte eine und legte drei Könige auf den Tisch. „Du hast gewonnen", sagte er und schob seine Karten zur Mitte. Als er aufstehen wollte, sagte sie „Moment" und drehte seine Karten um. „Fünf Asse! Du lässt mich gewinnen!", sagte sie und sah ihn fragend an. „Bei diesem Spiel gewinnen alle", entgegnete er lächelnd und lehnte sich auf der Bank zurück.

„Wie lange hättest du mich gewinnen lassen?", fragte sie zweifelnd und er entgegnete ihr „Nach meiner Jeans wäre dann deine Glückssträhne vorbei gewesen." „Dann spielen wir ab jetzt wirklich ehrlich!", antwortete sie, zog ihren Pullover aus und legte ihn auf die Bank neben sich. Mit einer schnellen Handbewegung schob sie die Karten zu einem Stapel zusammen. „Was weißt du eigentlich noch von letzter Nacht?", fragte sie, während sie die Karten ausgiebig mischte.

„Ein bisschen. Aber das war der Wahnsinn!", begann er und sie hob die Augenbrauen. Der Mann begann in der Erinnerung zu strahlen und erzählte weiter „Du bist zwei Mal über mir gekommen" „Mist! Immer wenn was Schönes passiert, dann kann ich mich hinterher an nichts erinnern!", sagte sie missmutig und setzte kurz mit dem Mischen aus.

Sorgsam betrachtete sie den halbnackten Mann vor sich. Er war gut gebaut, auch ohne Hemd. Verzweifelt versuchte sie sich an irgendetwas aus der letzten Nacht zu erinnern, aber alles blieb im Dunklen. „Verdammter Schnaps!", sagte sie und setzte mit dem Kartenmischen fort. „Und die Kondome?", fragte sie, während sie die Karten gab. „Die waren in der Nachttischschublade. Ich dachte, du hast sie mitgebracht", erklärte er und sie schüttelte den Kopf.

„Sicher nicht", begann sie und setzte fort „Ich wollte mich hier erholen. Vielleicht hat Willy sie hier vergessen, obwohl der ja schon über sechzig ist." „Auf der Alm braucht man keine Kondome. Auf der Alm gibt es keine Sünde", sagte Michael lachend und hob seine Karten auf. „Was setzt du?", fragte er noch und Barbara antwortete schnell „Meine Jeans" „Dann runter damit", entgegnete Michael und legte eine große Straße auf den Tisch. Ohne in die Karten gesehen zu haben, schob sie alle zusammen auf einen Haufen und wenig später saß sie im Slip und BH am Tisch.

„Neues Spiel", sagte sie und nahm die Karten in die Hand. Das Spiel begann ihr zu gefallen und der Gewinn war auch nicht zu verachten. Vielleicht hatte sie all die Jahre dieses Spiel wirklich nicht verstanden. Damals in der Studenten WG war das immer der Hit gewesen. Wieder fiel ihr Karla ein. Während sie immer noch gespielt hatte, da hatte Karla schon verloren und sich mit irgendeinem anderen Verlierer nackt in das Nachbarzimmer verzogen. Nun saß Michael in der Unterhose vor ihr und sie trug auch nur noch ihre Unterwäsche. Ein letzter Zweifel musste zum Schweigen gebracht werden!

Noch ein Spiel! „Mein BH gegen deine Hose!", legte sie fest und gab die Karten aus. „Diesmal habe ich fünf Asse", sagte sie wenig später triumphierend und setzte fort „Dann zeige mal, was ich gestern nicht mitbekommen habe. Ich hoffe, dass deine Tochter nicht gerade hereinkommt. Das würde schwierig, ihr diese Situation zu erklären" „Wohl wahr", antwortete Michael schmunzelnd, erhob sich und entledigte sich seiner Shorts. Leise pfiff Barbara.

Er war auch unten rum gut bestückt und sehr ansehnlich, das hatte sie am Morgen gar nicht so realisiert, als er sich vor dem Bett schnell die Hose übergezogen hatte. „Damit habe ich eigentlich verloren", erklärte Michael, denn er hatte ja nichts mehr, was er noch ausziehen konnte. „Ein letztes Spiel darum, wer oben sein darf", forderte

Barbara ihn frech auf. Nun zog er die Augenbrauen hoch. „Wer gewinnt, der entscheidet!", erklärte er und nahm die Karten auf.

Alle Zweifel, die sie jemals gehabt hatte, die waren im Moment verschwunden. Es war nur ein Spiel! Ein Spiel für Erwachsene. Eines, welches ihr immer besser gefiel! Sie saß, halb bekleidet, mit einem nackten Mann in einer Almhütte und spielte Poker. Nichts dabei! Einfach alles gut. Hatte sie am Morgen noch gerätselt und gezweifelt, so war nun alles in Ordnung.

Und diesmal war sie nicht betrunken vom Schnaps. Irgendetwas anders hatte ihren Kopf in Beschlag genommen. Waren es die Worte des Mannes gewesen? Oder das, was sie verpasst hatte? Seit einem dreiviertel Jahr war sie ohne Sex gewesen. Bis gestern hatte ihr das nichts ausgemacht, aber jetzt war das anders geworden. Ein leichtes Kribbeln zog durch ihren Bauch. War es schon die Vorfreude auf das, was dann später kommen würde? Oder so eine Spur von etwas Verbotenem, was sich da in ihr zusammenzog? Barbara wusste es nicht, aber sie war gewillt, es herauszubekommen.

Die letzte Runde wurde nun noch verbissener gespielt. Weder sie noch er wollten verlieren! Besonders seine Erzählung, dass sie zwei Mal gekommen war, forderte das geradezu bei ihr heraus. Noch nie war sie beim Sex gekommen. Bei ihrem Freund war das immer nur so Hopp drüber und vorbei gewesen. Noch war es nicht berauschend, was sie in der Hand hatte und sie wollte doch oben sein!

Zwei Karten zog sie sich noch einmal vom Stapel. Michael nahm sogar drei! Langsam blätterte sie ihr Blatt auf und begann zu strahlen. Sie wartete nicht darauf, was Michael sagen würde, sondern legte die Karten auf den Tisch. „Royal Flush in Herz!", sagte sie triumphierend. Darüber ging nichts mehr! Und das er auch einen Royal Flush in einer anderen Farbe haben würde, das war fast auszuschließen.

Achtlos legte der Mann die Karten zur Seite und sagte lächelnd „Damit haben wir wohl beide gewonnen!"

## 10. Kapitel

# Herzen und Bärchen

ichael hätte nie gedacht, dass die Frau sich darauf einlassen würde. Zumindest nicht nüchtern. Und doch war es so gekommen. Nun lagen die letzten Karten auf dem Tisch und sie hatte gewonnen. „Kommen wir zum gemütlichen Teil des Abends!", sagte sie leise und schob die Karten wieder zu einem Stapel zusammen. Seit einer Stunde schon saß sie ihm ohne Pullover gegenüber. Er hatte gesehen, das BH und Höschen nicht zusammen passten. Die kleinen Bärchen auf dem Slip waren süß, aber sicherlich würde keine Frau der Welt damit zu einem Date gehen. Seine Tochter hatte einen ähnlichen Schlüpfer.

Aber auch seine Sachen, die nun hinter ihm lagen, waren nicht wirklich dafür geeignet gewesen, sie jemanden zu zeigen. Seine Boxer-Shorts zierten kleine Herzen und in seinem Fitnessclub hätte er sich damit wohl kaum sehen lassen dürfen. Oder danach nie wieder.

Sein Blick ruhte auf dem, was der Alkohol am Abend zuvor verschleiert hatte. Die Frau war wirklich sehr gut gebaut. Vermutlich machte auch sie regelmäßig Übungen im Fitnessstudio. „Ich hatte seit neun Monaten keinen Sex mehr!", begann sie und setzte fort, „Zumindest keinen, an den ich mich erinnern kann." Lächelnd schob sie die Karten zur Seite und erhob sich. „Du hast gewonnen und darfst wählen", sagte er und sie erwiderte, „Ich bleibe oben!" In der Erinnerung an die vergangene Nacht setzte sich bei ihm etwas in Bewegung, was sie erwartungsfroh schmunzeln ließ. „Ich sehe, wir sind uns einig!", erklärte sie und kam um den Tisch herum.

Und nun? Stundenlang hatte er auf diesen Moment hin gefiebert. Die Frau war zum Greifen nah und er saß immer noch am Tisch. Mit nacktem Hintern auf der hölzernen Bank, die auf seiner Seite ohne Lehne war. Barbara setzte sich auf die Kante des Tisches und fragte ihn „Und ich bin wirklich beim Sex gekommen? Das habe ich noch nie erlebt!" „Ja. Zweimal nacheinander", bestätigte er und sein Blick ruhte weiter auf dieser wunderschönen Frau, die da so verlockend vor ihm saß.

Sie hatte die Rundungen genau da, wo sie hingehörten. Rubens hätte sie sofort als sein Model erwählt gehabt und offensichtlich war sie sich ihrer Wirkung auf ihn auch bewusst. Aber er konnte es ja nun auch nicht mehr verbergen. Schließlich bot er ihr ja den besten Ausblick auf das, was sie erwarten würde. Erwarten konnte. Auch er hatte ja fast dieselbe Zeit enthaltsam gelebt.

„Hat dir schon mal jemand gesagt, dass du sehr schön bist?", fragte er und sah sie von unten aus an. „Ja!", seufzte sie und setzte leise fort, „Mein Freund hat das immer zu mir gesagt, bis er mich mit einer betrogen hat, die er wohl noch schöner gefunden hat!" Barbara sah in zweifelnd an und setzte nach einer Weile fort, „Was mache ich hier überhaupt?" Dabei schlug sie die Beine galant übereinander und sah gedankenverloren vor sich hin.

Vor Stunden hatte er sich dasselbe auch schon gefragt. Bis vor ein paar Tagen waren sie sich noch völlig unbekannt gewesen und selbst jetzt waren sie sich noch fremd. Zwei nackte, fremde Menschen! Mann und Frau verschüttet im Schnee! Ohne Hoffnung auf baldige Rettung!

Vielleicht suchte noch nicht einmal jemand nach ihnen!

„Ich mache so etwas eigentlich nicht", unterbrach Barbara seine Gedankengänge. „One-Night-Stands sind normalerweise nicht mein Ding", setzte sie fort. „Meines auch nicht!", beeilte er sich ihr beizupflichten und Barbara ergänzte „Und nun sind es schon zwei!" „Noch nicht!", widersprach er ihr, denn noch war ja nichts passiert. Auch wenn die Situation im Moment ziemlich verfänglich war und er Leonie sicher das Ganze nicht erklären könnte, falls die Tochter jetzt hier hereinkommen würde.

„Wir sind schon zwei Verrückte! Oder was meinst du?", lachte sie, zeigte auf seine Shorts, die vor ihren Füßen lagen, und setzte fort „Herzen und Bärchen! Irgendwie niedlich." „Aber von Blümchensex halte ich nichts!", setzte er erklärend hinzu und stand auf.

„Ich sehe es", entgegnete Barbara, bevor er ihren Mund mit einem Kuss verschloss. Sie öffnete leicht die Lippen und er nahm die Herausforderung an. Seine Zunge tastete sich vorwärts. Küsse hatte es am Abend zuvor nicht gegeben.

Zumindest konnte er sich nicht daran erinnern und an solch einen Kuss hätte er sich bestimmt erinnert! Ihre Zungenspitzen berührten sich und er zuckte dabei zusammen. Die Erektion wurde schmerzhaft. Wäre er am Abend zuvor nicht auch zwei Mal gekommen, er wäre es sicher jetzt schon!

Er nahm ihr Gesicht in beide Hände und sein kleiner Freund drückte sich durch ihren Nabel gerade tief in ihren Bauch, so eng standen sie beieinander. Ein langer Kuss folgte und daraus wurde ein Ringkampf der Zungen. Danach glitten Michaels Hände hinter ihr hinab und er suchte, mit geschlossenen Augen im Kuss versunken, den Verschluss des BHs auf ihrem Rücken. Früher hatte er da immer Probleme damit gehabt, diese Dinger aufzubekommen, aber diesmal ging das wie von selbst.

Das stützende Stück Stoff rutschte zu Boden und gab ihre Brüste seinen suchenden Fingern preis. Vorsichtig umspielte er sie und vermied es zu schnell zu den Brustwarzen zu wechseln. Die Erfahrung von acht Ehejahren zahlte sich nun aus. Seine Gedanken flogen zu seiner Frau. Im Geiste entschuldigte er sich bei ihr dafür, was da in wenigen Minuten passieren würde. Ein Zögern vor diesem letzten Schritt stellte sich bei Michael ein, doch dann überwand er es.

Das hier sollte keine neue Beziehung werden, sondern nur unverbindlicher, schneller, harter Sex. Und die Frau wollte es auch! Barbara begann schneller zu atmen und drückte sich ihm verlangend entgegen. Wenn er gewonnen hätte, er hätte sie jetzt gleich hier auf diesem Tisch genommen, aber sie hatte ja im Spiel gesiegt und damit durfte Barbara den Ort, die Art und den Zeitpunkt wählen. Außerdem wollte er sie ja nicht bedrängen, auch wenn er sie im Moment gerade, bildlich gesehen, aufspießte. Seine suchenden Finger glitten nach unten und wurden vom Rand des Slips gestoppt.

Barbara rutschte vom Tisch und im Kuss streifte sie das letzte verbliebene Stoffstück mit zwei Fingern über ihre Hüften. Die Bärchen besuchten die Herzen. Nun konnten seine Finger die Löckchen über ihrem Venushügel ertasten und teilen. Ihre Finger gingen auch auf die Suche und wurden schnell fündig. Er stöhnte auf, als sich ihre Hand schloss.

„Wo?", fragte er sie vor Lust schnaufend. „Hier auf der Bank!", entgegnete sie mit brüchiger Stimme. „Und die Kondome?" „Scheiß auf die Kondome!", sagte Barbara gepresst und drückte ihn mit dem Rücken auf die Bank. Er lag und sie stellte sich mit gespreizten Beinen über ihn.

Was für ein Anblick! Seine Finger griffen zu ihren Brüsten und streichelten sie weiter. Die Erregung der Frau war nun nicht nur zu ertasten, sie war deutlich zu sehen und ihre Vorfreude benetzte schon seinen Bauch.

## 11. Kapitel

# Fremde oder Freunde

Was war das nur gewesen? Schnaufend lag Barbara auf dem Bauch des Mannes. Sie spürte, wie er ihr den Rücken streichelte und sie damit auch gleichzeitig festhielt. Alleine wäre sie wohl von der Bank gefallen. Ihre Beine und Knie zitterten noch. „Oh mein Gott", brachte sie schließlich mühsam hervor.

Michael hatte nicht gelogen. Es war der Wahnsinn gewesen und sie war wirklich zwei Mal gekommen. Langsam sortierten sich ihre Gedanken wieder und sie versuchte sich aufzustützen, doch er hielt sie fest. Bauch an Bauch aufeinander. Seine Finger streichelten ihre Wange, während er sich langsam aus ihrer Vulva zurückzog. Der Mann hatte sich wirklich Zeit gelassen. Alles, was sie jemals bei ihren Freunden vermisst hatte, das hatte er ihr in dieser Stunde gegeben. Wärme, Nähe, Geborgenheit und ein Glücksgefühl, das ihren Schoß zu sprengen drohte.

Offensichtlich war sie in der Vergangenheit nur an Schlappschwänze gekommen. Ihr erster Freund hatte sich meist noch nicht mal das T-Shirt und die Socken ausgezogen, wenn er zu ihr in das Bett gekommen war. Selten hatte es länger wie fünf Minuten gedauert und sie war dabei nie auf ihre Kosten gekommen. „Werde endlich fertig!", hatte sie meist nur gedacht, um die lästige Pflicht loszuwerden.

Und nun hatte sie diesen, ihr praktisch unbekannten, Mann getroffen. Alles war hier anders gewesen. Michael hatte sich eine Stunde lang nur ihren Bedürfnissen gewidmet. Es war bombastisch, großartig und atemberaubend gewesen. Der beste Sex ihres Lebens!

Am Anfang hatte er sie machen lassen. Ganz langsam war er ihr immer wieder entgegen gekommen, was auf der hölzernen Bank wohl nicht so einfach gewesen war. Dann hatte sich die erste Welle angekündigt und sie war stöhnend über ihm zusammengebrochen. Wegen der Kleinen im Nebenzimmer hatte sie sich in die Hand gebissen, sonst hätte man ihren Schrei sicher noch im Tal gehört. Anschließend hatte Michael begonnen, in die ausklingenden Wellen des gerade erlebten

Orgasmus hinein, sie so durchzunehmen, dass ihr Hören und Sehen buchstäblich vergangen war.

Jeder Stoß traf genau den Punkt, wo er hinsollte. Als er seinen heißen Samen pulsierend in ihren Schoß geschossen hatte, da war sie zum zweiten Male gekommen.

Nun glitten seine streichelnden Hände über sie und sie flüsterte nur noch „Ich kann nicht mehr." Das Zittern war immer noch in ihrem Körper zu spüren. Zärtlich hauchte er ihr einen Kuss auf die Lippen. „Soll ich dich in dein Bett bringen?", fragte er leise und sie sagte nur noch ein „Ja!" Zu mehr war sie nicht mehr in der Lage. Müdigkeit und eine unglaubliches Glücksgefühl fluteten gerade ihren Körper.

Michael erhob sich von der knarrenden Bank, ohne sie dabei loszulassen. Wie das ging, konnte sie nicht verstehen, aber es gelang ihm. Mit ihr auf seinen Armen bewegte er sich zum Schlafzimmer hin und legte sie in das weiche Bett. Nun zog es ihr die Augen zu und im Einschlafen spürte sie einen letzten Kuss von ihm auf ihren Lippen.

Der Duft von frischem Kaffee weckte sie. Als sie die Augen aufschlug, da stand Michael mit der Tasse vor ihrem Bett und sagte „Guten Morgen, du Langschläferin!", ein neuer Kuss folgte und er drückte ihr die Tasse in die Hand. „Ich gehe mal Leonie wecken. Deine Sachen habe ich dir in das Zimmer gebracht", sagte er noch, als er ging und die Türe hinter sich schloss.

Mit der Tasse setzte sich Barbara im Bett auf. Gegen das Kopfende gelehnt trank sie genüsslich das heiße Getränk und sinnierte über den letzten Abend. Noch immer kreisten dabei die Glücksgefühle durch ihren Bauch. Nach diesem Urlaub würde sie sich nach einem neuen Freund umsehen. Einen, der auf sie eingehen konnte! Oder hatte sie den schon gefunden? Ihr Blick ging über die Tasse hinweg zur geschlossenen Tür. Da draußen war Michael und dieser Mann war unglaublich. Wieder kribbelte es in ihrem Schoß. Schon alleine der Gedanke an den letzten Abend machte sie wieder feucht.

Barbara trank aus der Tasse und dachte weiter an Michael. Sie wusste noch nicht viel von ihm und das musste sich dringend ändern! Vor der Tür hörte sie das Mädchen laut rufen „Es ist der 22. Dezember!" und sie saß nackt, halb mit der

Bettdecke zugedeckt, hier drin in diesem Raum. Die Petroleumfunzel warf ein rötliches Licht auf sie. Vermutlich hatte sie Michael für sie hochgedreht. „Waschen und Frühstück!", sagte sie sich selbst leise, als der Kaffee alle war. Neben dem Bett stand ihr Rucksack und auch ihre Wäsche hatte er sauber gefaltet auf dem Nachttisch abgelegt. Sogar die getragene Wäsche war zusammengelegt. Auf Bruch! Das hatte noch nicht mal ihre Mutter so gemacht!

Noch zwei Tage bis Weihnachten! Ihr Wunsch fiel ihr wieder ein. Sie war hier hochgekommen, um die verlorene Kindheit zu finden. Hier oben in dieser Hütte, wo sie mit Mutter und Vater so glücklich gewesen war. Mit Willy und den Kühen. Zwanzig Jahre war das her. Damals war noch alles gut gewesen. Und jetzt? Sie stützte den Kopf in die Hand und grübelte. Wurde es nicht langsam Zeit für eine eigene Familie? Wieder tobte das Kind vor der Tür lautstark herum. War vielleicht Michael in ihr Leben gekommen, um einen Wendepunkt mit ihr zu beschreiten? Einen Höhepunkt auf alle Fälle. Oder jetzt sogar schon zwei!

Lächelnd setzte sie die Füße aus dem Bett und zog sich den Pullover über. Mit der Unterwäsche in der Hand ging sie in das Bad. „Das Frühstück ist gleich fertig!", rief ihr Michael hinterher. Kurz drehte sie sich zu ihm um, als Leonie bemerkte „Du hast ja keine Hose an!" Die hatte sie in der Hand, aber im Moment war ihr das vor der Sechsjährigen peinlich. Schnell schlüpfte sie durch die Badtür. Michael hatte warmes Wasser in der Schüssel für sie bereitgestellt. Der Mann war wirklich überraschend aufmerksam.

Kaffee, Frühstück, warmes Wasser. Was sollte das bedeuten? Sie erinnerte sich an den Streit vom ersten Abend, der war nun vollkommen verschwunden. Hatte sie sich geändert? Oder er?

Bedächtig spülte sie sich die Spuren dieser wilden Nacht vom Körper. Danach sah sie in ihre Waschtasche und zog die Tablettendose heraus. „Ist heute Montag oder Dienstag?", fragte sie sich laut. Wenn schon Dienstag war, dann hätte sie eine davon vergessen. Diese Nachlässigkeit konnte im Moment ungeahnte Folgen haben!

Barbara zog sich wieder an und verließ, diesmal mit Hose, das Bad. „Sage mal", begann sie Michael von der Tür aus zu fragen und setzte fort „Ist heute Montag oder Dienstag?" „Mittwoch!", platzte es aus Leonie heraus und Michael nickte. „Verdammt!", sauste es durch ihren Kopf. Zwei Tage ohne Pille und dann dieser wilde Abend! Hatte da schon jemand für sie entschieden? In ihrer wilden Lust hatte sie ja auch noch auf die Kondome verzichtet.

Sie verschwand in dem Zimmer und warf sich die drei Tabletten gleichzeitig ein. Immer noch sauste die Frage durch ihren Kopf, wie sie Michael besser kennenlernen konnte. Vielleicht mit einem Spiel?

## 12. Kapitel

# Bärlis Rat

$\mathfrak{B}$ ärli saß auf ihrem Schoß und Leonie unterhielt sich mit ihrem Freund. Er war immer für sie da und widersprach ihr nicht. So konnte sie ihm alles sagen und er würde sie auch nicht verraten. Im Moment konnte sie nicht mit den beiden Erwachsenen reden. Sie musste das mit ihrem Freund klären. Was war hier los? Hatte sie ihren Weihnachtswunsch nicht eigentlich an Greta gegeben, damit diese ihre neue Mama werden sollte? Und nun schob sich diese andere Frau zwischen sie und ihren Vater. Hatte sie ihren Weihnachtswunsch zu ungenau formuliert? Vielleicht! Statt „Eine Mama zu Weihachten" hätte sie „Greta als Mama zu Weihnachten!" schreiben sollen, aber dann hätte das Greta vermutlich nicht geschrieben. Und nun war da draußen Barbara!

Natürlich mochte sie die Frau ein bisschen. Vielleicht auch schon ein bisschen mehr. Mit ihr konnte sie lachen und spielen. Und Barbara nahm sich für sie Zeit. Nicht weil sie es musste, sondern weil sie es wollte. Und nun war Leonie hin- und hergerissen zwischen der Frau da draußen und Greta. Was ging da nur in ihr vor? Wusste Bärli eine Antwort? Sie fragte ihn und sah in seine runden Knopfaugen. Er antwortete nicht, aber sie wurde müde und schlief schließlich ein.

Im Traum nahm sie ihr Teddy an die Hand und brachte sie auf eine Wolke. Dort sah sie ihre Mutter wieder, wie sie sie schon so oft gesehen hatte. Im weißen Kleid und mit offenen Armen erwartete sie die Tochter, doch etwas war diesmal anders. Es dauerte einen Moment, bis es Leonie begriffen hatte. Die Mutter hatte eine andere Frisur! Die Haare sahen jetzt so aus, wie sie Barbara immer trug. Lang und in Locken. Nicht als Pferdeschwanz, wie es die Mama immer getragen hatte.

Leonie schreckte aus dem Traum auf und sah den Bären an. War das schon eine Antwort? Wenige Augenblicke später zog die Müdigkeit ihr wieder die Augen zu und nun hatte sich die Mama noch mehr verändert. Sie verwandelte sich zusehens und wurde damit Barbara immer ähnlicher. Das war nun aber eine eindeutige Antwort und diese konnte das Mädchen nicht mehr ignorieren. Barbara sollte wohl ihre neue Mama werden! Bärlis Ratschlag war augenfällig und im Traum nickte ihr der Bär zu!

Damit würde sie nun alles tun, um die beiden Erwachsenen nicht zu ärgern. Der laute Streit des ersten Abends hatte sie schon erschreckt. Ein neuer Tag begann und Leonie wartete in ihrem Bett, das ihr Vater sie holen würde. Am liebsten wäre sie nun zu ihm nach draußen gelaufen, aber er schlief ja auf der harten Eckbank und da wollte sie nicht hin.

Zu Hause hätte sie sich zu ihm in das Bett gekuschelt. Oft war das aber nicht gegangen. Der Vater stand meist ziemlich früh auf und musste dann immer schnell zur Arbeit. Für das Kuscheln blieb da keine Zeit. Umso mehr vermisste sie die Mutter, mit der das immer problemlos gegangen war. Sollte sie zu Barbara wechseln? Die Frau lag doch nebenan im warmen, weichen Bett.

Natürlich wusste sie noch, wie sie erschrocken geschaut hatte, als sie im Bett der Frau gewesen war. Doch das war nun vorbei. Der Vater kam, um sie zu wecken und sie sprang sofort aus dem Bett. Mit Bärli im Arm lief sie aus dem Zimmer, sah zu ihrem Vater, der auf der Holzbank geschlafen hatte, zumindest sah das so aus, denn die Decke lag dort zusammengeknüllt in der Ecke.

Mit dem Ruf „Es ist der 22. Dezember!"
stürzte sie zum Kalender und öffnete das Türchen, welches eigentlich ein kleiner brauner Sack
war. Danach wollte sie in die Kammer zu Barbara
schlüpfen, doch der Vater hielt sie zurück. „Lass
sie noch in Ruhe", sagte er und Leonie setzte sich
mit dem gerade ausgepackten Spielzeug an den
Tisch.

Nach einer Weile des Spielens sagte Leonie
zu ihrem Vater „Ich mag sie" und er bestätigte
mit einem Nicken, dass es ihm vermutlich genauso ging. Die Tür der Kammer öffnete sich und die
Frau kam heraus. „Guten Morgen", rief Leonie
ihr zu und stand auf. Barbara dreht sich zu ihr um
und erwiderte ihren Gruß. Sie trug nur einen langen Pullover und darunter war der Hintern zu
sehen. Leonie lächelte die Frau an und bemerkte
„Du hast ja keine Hose an!" Barbara wurde rot
und verschwand in dem Waschraum.

„Ich mag sie wirklich", erklärte Leonie ihrem
Vater. „Ja! Ich mag sie auch. Sie ist nett!", antwortete er ihr. „Nur nett?", fragte die Tochter und
zog die Augenbrauen hoch. Die Frau war hier
gerade mit nacktem Hintern in der Stube gewesen
und der Vater sagte „Nett"? Was wollte er ihr
verheimlichen?

Während er sich um den Tisch kümmerte, sah Leonie ihren Bären an. Zu zweit kamen sie in eine stille Übereinkunft, die beiden Erwachsenen etwas genauer zu beobachten. Nicht, dass die beiden das noch völlig verbockten.

„Erwachsenen halt!", seufzte Leonie und Bärli schien ihr zuzustimmen. Seine tiefe Brummstimme hatte diesen Ton, der immer „Ja!" sagte. Es dauerte eine Weile, bis die Frau wieder aus dem Bad erschien und nach dem Wochentag fragte. Nun würde das Frühstück gleich beginnen. Leonie freute sich darauf, dass Barbara gleich neben ihr sitzen würde.

## 13. Kapitel

# Wahrheit oder Pflicht

Der Tag hatte wunderschön begonnen. Sie saßen zu dritt am Tisch, wie eine richtige Familie. Leonie zu seiner rechten und Barbara ihm gegenüber. Die Frau rührte gedankenverloren in ihrem Kaffee herum, als würde sie darin etwas suchen. Da sie ja immer noch nicht die Hütte verlassen konnten, musste er sich etwas zum Spielen für Leonie ausdenken. Zugleich war es verblüffend, dass die Tochter jetzt jeden Tag beizeiten in ihr Bett gegangen war und auch noch durchgeschlafen hatte.

Zu Hause, wie lange war das jetzt schon her, saß sie immer bis spät in der Nacht bei ihm auf dem Sofa, sah fern und kuschelte sich an ihn an. Vielleicht verständlicherweise, da er ja oft bis zum Abend in seinem Büro war und nur danach Zeit für sie hatte. Jetzt erst hatte er verstanden, wie sehr er ihr wohl fehlte.

Das Lesen und Spielen machte sie müde und die Gewissheit, dass er am nächsten Morgen nebenan war, und nicht schon im Büro, ließ die

Kleine durchschlafen. Nicht auszudenken, was wohl gewesen wäre, wenn Leonie am Abend zuvor in den Raum gekommen wäre. Schmunzelnd musste er an ein Erlebnis von vor zwei Jahren zurückdenken. Seine Frau und er waren gerade im Schlafzimmer voll bei der Sache gewesen, als die Tochter mit dem Bären plötzlich in der Schlafstube gestanden hatte. „Wir spielen nur verstecken", hatte seine Frau im ersten Schreck schnell erzählt, bevor sie die Tochter in das Bett gebracht hatte.

Damit hätte er sie nun sicher nicht mehr beruhigen können. Sie war für ihr Alter schon ganz schön gewitzt. Vielleicht auch dem geschuldet, dass sie die Mutter verloren hatte. Das hatte sie vielleicht schnell erwachsen werden lassen.

Konnte daran vielleicht Barbara etwas ändern? Er hatte sich bei der Abfahrt gewünscht, seine Ruhe zu haben und mehr Zeit mit Leonie zu verbringen. Nun verbrachte er eigentlich seine Zeit mit Barbara und Ruhe hatte er auch nicht wirklich. Schön war es trotzdem. Sehr schön sogar. Sein Blick streifte das Gesicht der Frau. Wieder solch ein magischer Moment! Er mochte sie. Liebte er sie schon? Ihre Blicke trafen sich.

„Was spielen wir den heute?", fragte plötzlich Barbara und er verschluckte sich am Kaffee. Hustend sah er sie an und erkannte, dass sie auch Leonie in die Frage mit einbezogen hatte. Die Frau sah die Tochter an und wartete anscheinend auf eine Antwort von ihr.

Leonie stand auf und ging zum Schrank mit den Spielen. Nach ein paar Minuten lagen alle Spiele auf dem Fußboden. Er hatte gar nicht gewusst, dass Willy so viele hier in der Hütte gelassen hatte. Offensichtlich hatte der alte Mann schon damit gerechnet, dass man den einen oder anderen Tag nicht die Hütte verlassen konnte und deshalb hatte er für einen ausreichenden Vorrat an Spielen gesorgt.

Auch Bücher waren eine Menge in dem Schrank und Leonie zog sie alle nacheinander hervor. Plötzlich sprang Barbara vom Tisch auf und hob ein Buch davon vom Boden auf. „Mein Gott. Das ist noch hier?", fragte sie leise und drückte ein kleines, zerfleddertes Büchlein an ihr Herz. „Das habe ich geliebt, als ich damals hier war", erklärte sie weiter und hatte fast Tränen in den Augen.

„Soll ich es euch vorlesen?", fragte Michael und wartete eigentlich nur auf die Zustimmung von Leonie. „Worum geht es denn darin?", fragte das Mädchen und Barbara antwortet ihr „Um einen kleinen Hund und eine kleine Katze. Die beiden werden Freunde." „Ich habe mir schon lange eine Katze gewünscht, aber Papa schenkt mir keine", entgegnete Leonie und er übernahm das Buch von Barbara. Während die Frau den Tisch abräumte, blätterte er die erste Seite auf.

Das Buch war nicht dick. Eine Stunde lang las er daraus vor. Wieder mit verteilten Rollen. Barbara lächelte selig am Tisch und auch Leonie schien es zu gefallen. Wieder hatte er zwei sechsjährige am Tisch, wie schon am Tage zuvor.

„Und was spielen wir jetzt, wo wir zu Ende gelesen haben?", fragte er, als er das Buch zuklappte. Leonie sah auf den Haufen an Spielen und Büchern, konnte sich aber vermutlich nicht entscheiden. „Wahrheit oder Pflicht!", antwortete deshalb Barbara und Leonie sah sie fragend an. Daraufhin erklärte sie „Ich frage dich etwas und du musst die Wahrheit sagen oder eine Aufgabe erfüllen!" „Au fein!", sagte die Tochter und er runzelte die Stirn. Wo sollte das jetzt hinführen? Er ahnte etwas, war sich aber nicht ganz sicher, was die Frau damit bezweckte. Hoffentlich waren ihre Fragen jugendfrei!

Leonie setzte sich bequem hin und fragte wie eine Erwachsene „Und wer beginnt?" Barbara sah sich fragend um. Wonach suchte sie? Schließlich sagte sie „Dazu machen wir ein zweites Spiel: Flaschendrehen!" „Flaschendrehen?", sagten er und Leonie zur selben Zeit, wenn auch aus unterschiedlichen Gründen. Michael verdrehte die Augen und die Frau holte eine der leeren Schnapsflaschen. Kurz erklärte sie Leonie die Regeln beim Fachendrehen. Das hätte ruhig noch zehn Jahre bis dahin dauern können.

Leonie begann und der Hals der Flasche zeigte auf ihn. Gespannt wartete er auf ihre Frage „Warum arbeitest du so viel?" „Weil ich Geld verdienen muss", kam es aus ihm herausgeschossen. „Hast du noch nicht so viel?", fragte die Tochter nach und er wusste schon, worauf es abzielen sollte. Hier hatte die Tochter endlich eine Möglichkeit ihn zur Rede zu stellen. Doch er wich ihr aus mit der Bemerkung „Das ist schon die nächste Frage!" Die Tochter schmollte für einen Moment, dann griff er zur Flasche und drehte.

Alle drei sahen sie auf den auf dem Tisch rotierenden Flaschenhals. Michael überlegte sich für beide eine Frage, aber alle Fragen, die er gern Barbara gestellt hätte, waren nicht dazu geeignet, sie laut auszusprechen, wenn eine sechsjährige mit am Tisch saß. An ihrem Gesichtsausdruck sah er, dass sie wohl gerade ähnliche Gedanken hatte.

Und wie nicht anders zu erwarten zeigte der Flaschenhals auf Barbara „Was ist deine Lieblingsfrage?", fragte er einfach drauflos und sah, dass sowohl die Frau, als auch die Tochter die Stirn runzelten. „Rot", sagte Barbara kopfschüttelnd und griff zur Flasche. Mit der Schnapsflasche in der Hand sagte sie leise „Wen du dich so anstellst, dann habe ich noch viele andere Spiele! Zum Beispiel *Eine Minute im Himmel*!" Nun runzelte er die Stirn.

Noch bevor Leonie nach diesem Spiel fragen konnte, drehte Barbara die Flasche auf dem Tisch. Er fühlte sich jetzt schon wie unter Strom. Was würde kommen? Er kannte die Frau ja noch nicht richtig, aber war das hier im Moment der richtige Zeitpunkt für intime Fragen? Sorgenvoll sah er zu Leonie und danach zu Barbara. Die Flasche rotierte mit einem summenden Geräusch.

## 14. Kapitel

# Erinnerungen

Irgendwann hatte Leonie keine Lust mehr gehabt, seltsame Antworten auf noch seltsamere Fragen zu hören und war mit verdrehten Augen in ihr Zimmer gegangen. Damit war es nun an der Zeit, das Spiel auf ein Niveau für Erwachsene zu heben! Was hatte sie eigentlich dazu bewogen, dieses Spiel zu beginnen, als die Tochter noch im Raum gewesen war? Barbara wusste es nicht, aber sie hatte sich Antworten von Michael erhofft. Ausflüchte hatte sie erhalten! Oder war das schon eine Antwort? Wich er ihr absichtlich aus? Oder hatte er sich nur vor der Tochter geschämt? Dann würden seine Antworten sicherlich ab jetzt anders sein!

Zeit für einen Test. „Wann war dein erstes Mal und mit wem?", fragte sie und die Antwort kam wie aus der Pistole geschossen „Mit vierzehn. Sie hieß Conni." Barbara lächelte still in sich hinein. Alles war gut. Wenn Leonie in ihrem Zimmer blieb, dann konnte sie ein paar Antworten bekommen. „Und deines?", entgegnete er, ohne zuvor an der Flasche gedreht zu haben.

Aber da sie nun nur noch zu zweit waren, war das ja auch unnötig.

„Mit sechzehn. Er hieß Peter und wir waren im Waldbad!", antwortete sie. Für einen Augenblick dachte sie daran zurück. „Es war einfach nur schrecklich, aber danach war ich froh, dass ich von diesem unnützen Stück Haut erlöst gewesen war!", setzte sie noch in Gedanken versunken hinzu. Dabei hatte sie Peters Gesicht wieder vor sich. Fast schüttelte es sie bei der Erinnerung daran. „Und bei dir?", fragte sie ihn lächelnd.

„Wir waren bei einer Party. Ohne Eltern", begann er und grinste bei der Erinnerung. „Ich hatte meine Eltern ausgetrickst und ihnen gesagt, dass ein paar Erwachsene auf uns aufpassen würden. Das war natürlich gelogen! Ich hatte mir das mit Conni so schön vorgestellt, aber es war furchtbar!", setzte er fort. „So furchtbar wie meines?", fragte sie und er schüttelte den Kopf. „Vermutlich furchtbarer. Das war wohl das furchtbarste erste Mal in der Geschichte der Menschheit", antwortete er. „Du machst mich neugierig!", entgegnete sie, stütze den Ellenbogen auf den Tisch und den Kopf in die Handfläche. Sie hoffte auf eine lustige Geschichte.

Der Mann beugte sich nach vorn und begann „Ich war viel zu aufgeregt. Conni musste mir helfen und ich bin in ihrer Hand gekommen, bevor ich noch kurz in ihr drin war" „Das war mein zweites Mal", lachte Barbara und setzte hinzu „Ich hatte die Bescherung auf dem Bauch und der Junge ist mit rotem Kopf und offener Hose abgehauen."

Nun begannen sie sich gegenseitig lachend ihre Jugendgeschichten zu erzählen und plötzlich war auch wieder eine Flasche Schnaps auf dem Tisch. Doch in Anbetracht des letzten Desasters verdünnten sie den Alkohol mit Wasser. So sorgte er nur für lockere Zungen und würde keinen Kater verursachen.

„Du hattest kein so tolles Jahr, hast du mir erzählt?", fragte Michael und Barbara nickte. „Ja! Deswegen bin ich hierher geflohen. Eltern, Job und Freund habe ich in diesem Jahr verloren und als ich überlegt habe, wo ich mal glücklich gewesen war, da ist mir diese Hütte hier eingefallen", erklärte sie und sah sich um. „Das Buch gehört da irgendwie dazu", sagte sie und legte ihre Hand auf den Umschlag des alten Lieblingsbuches.

„Möchtest du davon erzählen?", fragte er und sie antwortete „Von dem Sommerurlaub oder meinem Jahr?" „Wovon du möchtest" „Erst du! Wie war dein Jahr?", fragte Barbara und er sah nachdenklich aus. „Job und Eltern habe ich noch, aber ich habe meine Frau verloren. Ich habe mich vor lauter Trauer in die Arbeit gestürzt und dabei Leonie vergessen. Ich habe sie ihrer Trauer und Tamara überlassen." „Aha! Ist Tamara deine neue Freundin?", fragte Barbara vorsichtig. War der Mann schon liiert und vergnügte sich nur hier mit ihr? Zweifel kamen auf, aber warum hatte er sie dann nicht mit hierher genommen?

„Nein!", lachte er und setzte fort „Tamara ist zwölf. Sie ist die Tochter der Nachbarin und passt auf Leonie auf." „Du lässt eine zwölfjährige auf eine sechsjährige aufpassen?", fragte Barbara entsetzt und sah, dass Michael wohl nicht verstand, was sie daran zu kritisieren hatte, aber Barbara konnte sich noch gut an sich selbst mit zwölf erinnern. Babysitting wäre ihr da nie in den Kopf gekommen, Blödsinn schon.

„Vielleicht war ich einfach zu froh, dass sie mir diese Arbeit abgenommen hatte", erklärte er nachdenklich. „Deine Frau. Wie lange kanntest du sie schon?" „Seit der Schule. Später haben wir geheiratet und waren acht Jahre verheiratet. Ich kannte sie mein ganzes Leben lang", sagte er und hatte ein paar Tränen in den Augen, in denen sich die Kerze spiegelte. Barbara beschloss, ihn nicht weiter zu befragen, sondern zur Ablenkung von ihrem Urlaub zu erzählen.

„Damals sah alles hier genauso aus, wie jetzt. Meine Eltern haben da drin geschlafen und ich in dem Zimmer, wo jetzt Leonie ist. Willy hat auf der Eckbank hier gepennt. Täglich war ich bei den Kühen draußen oder habe auf der Wiese gelegen und den Wolken zugesehen. Sechs Wochen waren wir hier! Herrlich!", schwärmte sie in der Erinnerung. „Und du wolltest diesen glücklichen Zustand zurück?" „Ja! Natürlich. Nach solch einem Jahr? Vor vier Wochen ist mein Vater gestorben und ich habe beim Aufräumen Willys Adresse in seinen Unterlagen gefunden. Nach all den Jahren! Es war wie ein Wink und die Hütte war ja auch noch frei", begann sie und setzte hinzu, „Zumindest dachte ich das bis vor ein paar Tagen noch!"

„Dein Vater, erzähle bitte von ihm", forderte er sie auf und sie dachte an ihren Vater zurück. Nur zögerlich kamen ihr die Worte in den Sinn. Der Schmerz war wohl noch zu groß. Vielleicht etwas von damals zum Anfang? „Er war immer mein großer Held", begann sie und drehte das halbvolle Schnapsglas in den Fingern. „Ich konnte jederzeit zu ihm kommen und er hat mir die Welt erklärt. Wir hatten immer viel Spaß zusammen. Ich war wohl eher ein Papakind! Vor einem Jahr ist er schwer krank geworden." Sie stockte und sah auf das Buch, welches er einst in der Hand gehalten hatte.

„Damit fing alles an. In diesem Jahr kam dann zuerst der Unfall mit meiner Mutter im März. Es war ein Verkehrsunfall. Mein Vater ist gefahren und von der Straße abgekommen. Dabei ist er in einen Kleinwagen gekracht. Meine Mutter und die Fahrerin des anderen Wagens starben dabei. Mein Vater hat nicht einmal eine Schramme abbekommen, aber er ist daran innerlich zerbrochen. Er hatte keine Kraft mehr zur Gegenwehr. Dann kam das Ende meiner Beziehung, der Jobverlust und sein Tod." Barbara wischte sich ein paar Tränen mit dem Handrücken ab.

„Hätte ich meine Mutter doch nur nach Nürnberg gefahren, dann wäre das alles nicht passiert. Alles begann mit diesem schrecklichen Unfall am 25. März", brach es aus ihr heraus. Nun waren die Tränen nicht mehr zu stoppen.

100

„Am 25. März hast du gesagt? Wo genau?", fragte Michael. „Auf einer Landstraße nördlich von Nürnberg. Irgendwann am Morgen.", antwortete sie schnaufend. Sie schnäuzte sich in ein Taschentuch. Michael stand vom Tisch auf und drehte sich zum Fenster, durch das er ja nicht sehen konnte.

„Was ist?", fragte sie ihn. „Die andere Fahrerin war meine Frau", hörte sie ihn gepresst antworten. Der Mann blickte stur zum geschlossenen Fenster. Vor Schreck nahm es Barbara den Atem. Irgendeine Kraft schnürte ihr den Hals zu. Das durfte doch nicht wahr sein!

## 15. Kapitel

# Schmerz und Trost

Der Schock saß tief bei Michael. Er verstand dieses Schicksal nicht mehr! Irgendwie war das alles im Moment für ihn zu viel! Der Vater von Barbara war schuld am Tode seiner Frau, Leonies Mutter! Im Moment konnte er selbst nicht begreifen, was da gerade in ihm zusammenbrach und er würde es auch noch Leonie erklären müssen. Solche Zufälle konnte es doch aber gar nicht geben. In den letzten Tagen hatte sich so eine Art von Vertrautheit zu Barbara in ihm aufgebaut. Man konnte es schon fast Liebe nennen und nun schlug das Schicksal so gnadenlos zu. All der nicht verarbeitete Schmerz und die Trauer stiegen in ihm auf. „Warum nur?", sagte er leise.

Sein, von Tränen verschleierter, Blick ging zurück zu Barbara. „Ich bin schuld!", murmelte sie und setzte leise hinzu „Mein Vater ist gefahren, weil ich keine Zeit hatte. Mein Job war mir wichtiger. Meine Mutter und deine Frau sind deswegen gestorben. Mein Vater ist daran zerbrochen. Den Job habe ich vier Wochen später an eine jüngere Frau verloren. Warum das Ganze?"

Sie schlug sich die Hände vor ihr Gesicht und lief in das Zimmer. Die Tür schlug hinter ihr zu.

Stumm blickte er ihr nach. Michael konnte sich nicht mehr bewegen. Der tiefe Schmerz lähmte ihn. Und zu allem Übel kam jetzt auch noch die Tochter aus ihrem Zimmer und fragte „Was ist denn hier los?" Sicherlich hatte sie das Schlagen der Schlafzimmertür hinter Barbara gehört. „Streitet ihr wieder?", fragte sie weiter, doch er war zu keiner Regung fähig.

„Hallo Papa!", versuchte sie ihn zu etwas zu bewegen, doch es ging nicht. Er konnte sich noch nicht einmal auf den Stuhl setzen. Er stand erstarrt mitten im Raum. Gerade erst hatte die Tochter zu Barbara so eine Art von Freundschaft geschlossen und nun sollte er ihr sagen, dass die Frau irgendwie am Tode der geliebten Mutter beteiligt war? Würde das nicht auch in Leonie etwas zerstörten?

Vielleicht würde die sechsjährige danach nie wieder jemanden vertrauen können? Doch bevor er ihr etwas sagen konnte, musste er es erst einmal selbst verarbeiten. Erst mal ablenken. „Möchtest du etwas essen?", fragte er die Tochter und die antwortete nur „Ich möchte einen Pfefferminztee." „Den bringe ich dir gleich", antwortete er und die Tochter war wieder in ihrem Zimmer verschwunden. Nun hatte er erst einmal Zeit zum Überlegen.

Zumindest so lange, bis das Wasser kochen würde. Er holte Schnee von draußen im Topf und setzte diesen auf den Herd. Was tun? Eigentlich war ja alles klar, die Frau traf keine Schuld an dem Tod seiner Frau. Es war ein Unfall und sie war nicht einmal dabei gewesen, aber reichte das? Etwas wühlte in seinem Bauch und ihm wurde regelrecht schlecht.

Schmerz, Trauer und Liebe rangen in ihm gerade miteinander. Zorn, Wut und Tränen brachten ihn durcheinander. „So ein verdammter Mist!", brach es aus Michael hervor. Sein Blick ging zu den beiden verschlossenen Türen. Hinter einer davon lag Barbara vermutlich weinend im Bett und er war hier. Sollte er sie nicht trösten? Er konnte nicht! Das blubbernde Wasser zog seinen Blick zum Topf zurück.

Zuerst einmal musste er es selbst verarbeiten. Seine Tränen tropften in den Topf und er hoffte, dass die Tochter sich nicht über den versalzenen Tee beschweren würde. Pfefferminztee, den hatte seine Frau auch geliebt! Mit zitternder Hand hängte er den Beutel in die Tasse.

Immer noch stellte er sich die Frage, was er tun sollte. Sein Kopf sagte ihm, dass er wohl wütend auf die Frau sein sollte. Sein Bauch wollte zu ihr in das Zimmer, um sie zu trösten. Wem sollte er nachgehen? Dem Zorn des Kopfes? Oder der Liebe, die er im Bauch für sie spüren konnte?

Eigentlich war er immer viel zu sehr Kopfmensch gewesen. Das hatte ihm ja das Dilemma mit der Tochter erst eingebrockt. Hätte er seinem Gefühl getraut, um sie tröstend in den Arm zu nehmen, dann wäre das hier wohl kaum so weit gegangen. Das Wasser kochte und es war Zeit für eine Entscheidung. Zuerst den Tee zu Leonie und danach Barbara trösten. „So mache ich das!", bestätigte er sich selbst laut.

Schnell hatte er der Tochter den Tee gebracht. Sie spielte mit dem Teddybären und er versuchte ihr nicht in die Augen zu sehen. Sie würde es sicher merken. Dann wechselte er ein Zimmer weiter. Barbara lag im Bett und hatte sich das

Kissen auf ihr Gesicht gedrückt. Die Frau schluchzte und er setzte sich auf die Kante des Bettes. Michael begann sie am Arm zu streicheln, um die Tränen zu stoppen, denn so konnte er ja kaum mit ihr reden.

Es dauerte eine ganze Weile, bis sie endlich das Kissen wegzog. Er sah ihre verheulten Augen im Schein der Petroleumlampe und musste sie umarmen. „Es tut mir leid", schluchzte sie. „Da ist doch nichts, was dir leidtun muss. Du hast daran keine Schuld. Du hast das Auto nicht gefahren." „Aber ich hätte es tun sollen!", entgegnete sie und zog die Tränen geräuschvoll in der Nase hoch.

„Du musst auch das Gute sehen. Wenn das nicht passiert wäre, dann hätten wir uns nicht kennengelernt", begann er zu erklären und wurde sofort von ihr unterbrochen „Na du hast ja eine tolle Art mich zu trösten. Weil mein Vater deine Frau totgefahren hat, haben wir uns kennengelernt? Ich bin also sozusagen der Nutznießer dieses Unfalles? Nach danke schön!"

„So war das doch nicht gemeint", ruderte er zurück. Egal, was er jetzt sagen würde, es wäre falsch! Michael zog die Frau an seine Schulter und sie schluchzte immer noch.

„Der ganze Mist hat an diesem Tag begonnen", begann sie durch die Tränen hindurch wieder zu erklären. Er unterbrach sie nicht, sondern hörte einfach zu. Manchmal waren die Verkettungen schon seltsam. Vielleicht konnte man da von Schicksal reden. Oder einer Reihe von Zufällen? Eigentlich zu viele Zufälle, als dass es noch Zufälle sein konnten! Unfall – Tod der Mutter – Verlust des Jobs – Betrug durch den Freund – Tod des Vaters – Fund der Adresse von Willy – Buchung der Hütte und zum Schluss das Zusammentreffen hier. Wäre die Kette auch nur an einer Stelle unterbrochen, so hätte er sie gerade jetzt hier nicht im Arm.

Barbara heulte sich einfach aus und er hörte zu. Mehr als Streicheln und Zuhören blieb ihm nicht und noch immer hatte er keine Idee, wie er es Leonie erklären sollte. Oder es ihr einfach vorenthalten? Das wäre dann nur noch schlimmer, wenn die Tochter es irgendwann dann doch herausfand.

Da reichten dann schon ein Gerücht in der Schule und ein vorlauter Klassenkamerad. So nach dem Motto „He! Deine neue Mutti hat deine alte Mutti aus dem Weg geräumt!"

So etwas Ähnliches könnte auch von seinen Kollegen im Büro kommen. War er darauf gefasst? Zuerst mussten hier in der Hütte die Wogen geglättet werden. Sie konnten sich hier schließlich auch weiterhin nicht aus dem Weg gehen.

## 16. Kapitel

# Nehmen wir es wie Erwachsene

Es hatte sicher mehr wie zwei Stunden gedauert, bevor sich Barbara an der Schulter des Mannes ausgeweint und anschließend beruhigt hatte. Die ganze Zeit hatte sie die Kausalkette im Kopf gehabt, die sie fast schwindelig gemacht hatte. Alles hatte an jenem Tag im März begonnen und hatte sie nun, neun Monate später, an diesen Punkt gebracht. Vielleicht schloss sich damit der Kreis und alles war gut.

Oder neues Unglück begann? Wer konnte es schon wissen.

Zumindest fühlte sie sich an Michaels starker Schulter so unglaublich geborgen und der Mann hatte ihr keine Vorwürfe gemacht. Die hatte sie sich schon selbst immer und immer wieder bereitet. Was wäre wenn? Was wäre gewesen, wenn sie die Mutter gefahren hätte? Wäre sie dann heute auch an diesem Punkt? Vielleicht. Ganz sicher! Wenn alles vorherbestimmt war, dann hätte sie gar keine andere Möglichkeit gehabt. War es Karma? Sie blickte zu dem Mann auf.

Michael gab ihr einen Kuss und wischte ihr die Tränen fort. Nun blieb nur noch eine wichtige Hürde: Leonie. Was würde das Kind sagen? Und in dem Moment, in welchem sie sich das fragte, da sagte Michael „Ich werde es jetzt Leonie sagen."

Als er sich erheben wollte, da hielt sie ihn fest und erklärte, „Das ist meine Aufgabe! Ich werde es ihr sagen!" „Glaubst du, dass sie es verstehen wird", gab Michael zu bedenken. „Ich hoffe es! Ich mag sie ganz gern und ich habe den Eindruck, dass auch sie mich gut leiden kann. Und vielleicht ist deine Tochter verständiger, als du glaubst" „Und wenn nicht? Wenn sie schreit, tobt und weint?" „Dann schließe ich mich hier in dieser Kammer ein und du schiebst mir ab und zu was zu essen unter der Tür durch. Schließlich kann ich hier nicht fort. Und sie auch nicht!"

„Ich warte drüben am Tisch. Wenn etwas ist, dann rufe mich und ich übernehme sofort", sagte Michael und sie gab ihm einen Kuss. Gemeinsam verließen sie den Raum und vor der Tür trennten sich ihre Wege. Während er sich auf die Kante des Hockers setzte, jederzeit zum Sprung bereit, trat sie an die Tür von Leonies Zimmer, legte die

Hand auf die Klinke, atmete noch einmal tief durch und klopfte.

Barbara schob die Tür auf. Leonie saß mit ihrem Bären im Arm auf dem Bett und sah sie fragend an. Offensichtlich hatte sie ihren Vater erwartet. „Schön hast du es hier", sagte Barbara, um das Eis zu brechen. Danach setzte sie sich auf das Bett und sah das Kind an, bis Leonie schließlich fragte „Was ist los?"

Stockend begann Barbara „Der Unfall von deiner Mutter. Damals. Der Fahrer von dem anderen Auto war mein Vater. Meine Mutter ist dabei ebenfalls gestorben." Sie wartete auf eine Entgegnung des Mädchens, doch die knuddelte im Moment nur ihren Bären. „Hast du mich verstanden?", fragte Barbara vorsichtig nach, denn das Mädchen schien unter Schock zu stehen.

Für einen Augenblick sah sie hoch und sagte „Ich wusste, dass es irgendjemandes Vater, Bruder, Onkel oder Sohn war. Du kannst doch nichts dafür. Wir haben beide an diesem Tage unsere Mütter verloren!" Barbara blieb der Mund offen stehen. Alles Mögliche hatte sie erwartet, aber nicht das hier. Sie fiel der Kleinen um den Hals und wieder liefen ihr die Tränen über ihr Gesicht.

Nach einer Weile sagte Leonie, wie selbstverständlich, "Ich bin müde. Schickst du mir Papa zum Gute-Nacht-Kuss rein?" „Ja! Das mache ich und von mir bekommst du auch einen!", entgegnete Barbara und drückte Leonie einen Kuss auf die Stirn. „Kriegt Bärli auch einen?", fragte das Mädchen und hielt ihr den Bären hin. „Aber selbstverständlich", antwortete Barbara und küsste auch den Teddy.

Ein paar Minuten später war sie bei Michael. „Deine Tochter ist erwachsener, als wir beide zusammen", sagte Barbara und setzte fort, „Sie hat gesagt, dass wir beide unsere Mütter verloren haben. So habe ich das noch gar nicht gesehen. Du sollst ihr ihren Gute-Nacht-Kuss geben." Michael nickte, erhob sich und gab zuerst ihr einen Kuss, dann ging er in die Kammer zu Leonie und Barbara setzte sich auf den Hocker. Gespannt wartete sie auf die Rückkehr des Mannes.

Die Minuten dehnten sich ins unendliche. Barbara saß wie auf glühenden Kohlen und starrte die geschlossene Tür an. Wie lange konnte so ein Kuss dauern? Was ging da drin vor? Sie war doch so verständlich gewesen. Was sagte das Mädchen gerade in der Kammer zu Michael? Angst kroch an Barbara hoch. Hatte sie sich zu früh gefreut?

Endlich öffnete sich die Tür und Michael erschien lächelnd. „Ich musste erst noch eine Geschichte vorlesen", sagte er und Barbara atmete vor Erleichterung deutlich hörbar aus. „Sie ist wirklich schon ganz schön erwachsen", sagte er und setzte sich zu ihr. „Und sie hat es faustdick hinter den Ohren", setzte er noch hinzu. „Warum?", fragte Barbara nach. „Sie hat uns viel Spaß beim Spielen gewünscht!" „Hat sie uns etwa gestern belauscht?", fragte Barbara erschrocken. „Ich glaube nicht. Sie schläft schon wieder", erklärte Michael und begann sie zu küssen. „Sollten wir nicht erst was spielen?", fragte sie schmunzelnd. Der Schmerz des Tages war durch diesen Kuss von ihr abgefallen. Alles war gut.

„Was sollten wir den deiner Meinung nach spielen? Flaschendrehen?", fragte er und küsste ihren Hals. „Warum eigentlich nicht, aber ich glaube, ich lasse dich heute mal gewinnen", sagte sie und er entgegnete, „Warum sollten wir dann noch spielen? Ich liebe dich!" „Ich liebe euch beide", antwortete Barbara.

Ein neuer stürmischer Kuss folgte. Seine Finger begannen auf Erkundungstour zu gehen und sie versuchte noch einmal ein Gespräch. Barbara begann „Ich dachte nicht, dass sie es so wie eine Erwachsene aufnehmen würde." Doch Michael verschloss ihren Mund mit einem Kuss. Neue Streicheleinheiten folgten. Langsam schob er seine Hand unter ihren Pullover und eine Gänsehaut folgte den Berührungen seiner Fingerspitzen.

„Ich würde dich gern nehmen!", hauchte er schließlich in ihr Ohr. Barbaras ganzer Körper kribbelte durch das Streicheln schon. Nach einer Weile sagte sie „Aber nicht wieder auf der Bank!" „Nein! Hier auf dem Tisch!", entgegnete er. „Auf dem Tisch?", fragte Barbara und sah sich den alten Tisch an. Stabil sah er ja aus. „Auf einem Tisch habe ich es noch nie gemacht", sagte sie und Michael begann sie langsam auszuziehen.

„Na dann wird es aber Zeit!", hauchte er, als er ihr den Pullover über den Kopf zog. Nach jedem Kleidungsstück folgte ein langer Kuss. Es dauerte eine Weile, bis sie beide nackt vor dem Tisch standen.

Mit einem sanften Druck legte er sie mit dem Rücken auf die Tischplatte. Barbara hielt sich an der Kante fest, während er ihre Unterschenkel auf seine Schultern hob und sofort zustieß. Dieser Stoß kam so unvermittelt, dass sie sich dabei aufbäumte. Seine Finger krampften sich um ihre Hüften.

Schnaufend stieß er immer wieder zu und Barbara hatte alle Mühe, sich auf der Platte festzuhalten. Wild und leidenschaftlich trieb er sich in ihren Körper. Kein Streicheln mehr, nur noch purer, harter Sex! Es dauerte nicht lange und sie konnte schon die ersten Wellen des sich ankündigenden Höhepunktes spüren. Stöhnend kam sie ihm entgegen. Seine vulgären Sprüche trieben sie davon.

## 17. Kapitel

# Versöhnung und Zerwürfnis

Sie lagen beide in dem großen Bett. Michael hatte sie hier herübergetragen und nun schlief sie noch, während er sie beobachtete. Er kannte diese Frau noch keine Woche und doch war da schon so ein tiefes Gefühl in ihm, was er so lange verdrängt hatte. Auf der Arbeit im Büro war er immer so beschäftigt gewesen, dass ihm erst jetzt, in der Abgeschiedenheit der Hütte, die immer kürzer werdenden Röcke der anderen Kolleginnen auffielen.

Hatten sie im Jahr davor meist Bluse und Jeans getragen, so waren in diesem Sommer die kürzesten Röcke auf einmal ganz in Mode gewesen. Die Blusen waren dünner geworden und manchmal war ein Knopf offen gewesen. Oder auch zwei! Das konnte ja kein Zufall gewesen sein, zumal er es erst jetzt wirklich bemerkte. Die Blicke, die geschminkten Lippen, vermutlich alles nur, da alle wussten, dass er Witwer war. Und eine gute Partie noch dazu.

Er hatte die Ruhe gebraucht, um zu sich selbst zu finden und um zu begreifen, was er wirklich brauchte. Er brauchte sie! Barbara lächelte im Schlaf. Sie hatten sich in seinen Schlafanzug geteilt. Während er die Hose trug, hatte sie sich die Jacke angezogen. Im rötlichen Schein der Lampe betrachtete er ihr Gesicht. Die schon vertrauten Züge, die braunen Locken, die kleine Narbe über dem Auge, alles an ihr war ihm so wohlbekannt. Fort waren die Streitereien des ersten Abends und der Ärger des vergangenen Tages.

Alles war gut.

Leonie hatte Barbara akzeptiert und er natürlich auch. Diese Frau war so leidenschaftlich und konnte sich so fallen lassen. Das hatte er nur bei Anna, seiner verstorbenen Frau, so erlebt, wie es nun auch bei Barbara war. Diese zwei Frauen waren sich da so ähnlich. Er liebte diese natürliche Schönheit. Darum hatte wohl auch das Puder und der Lippenstift der Kolleginnen nicht seinen Zauber über ihn entfalten können.

Diese Frau hier, die gerade auf seinem Arm lag, die war da ganz anders. Natürlich eben! In den letzten Tagen hatte er sie sich nie schminken sehen und in der offenen Waschtasche lag auch kein Make-up. Nur ein rosa Lippenstift, der aber mehr zur Lippenpflege in der Kälte dienen sollte. Der vergangene Abend war wieder der Hammer gewesen und schon bei ihrem Anblick begann es in seinen Lenden zu ziehen. Diese Frau machte ihn einfach nur Geil!

Barbara lag ganz nah und er konnte ihren Atem spüren. Am liebsten hätte er jetzt mit den Fingern die Konturen ihres Gesichtes nachgezogen, doch das würde sie wecken, darum nahm er die Augen dazu. Alles an ihr schien ihm so bekannt zu sein. Sogar ihr Lachen und das Kichern. So, als ob er sie schon sein ganzes Leben kennen würde. Sein Blick streifte ihren Hals und glitt an ihr herab.

Die obersten zwei Knöpfe der Schlafanzugjacke hatte sie offen gelassen, wodurch sie ihm, durch die im Schlaf verrutschte Jacke, auch einen guten Blick auf eine der Brüste bot. Auch diese war perfekt. Schneeweiß mit einem großen, rosafarbenen Warzenhof. Bedächtig schwebte seine Hand nur Fingerbreit über dieser Brust. Zu gern hätte er sie dort gestreichelt.

118

Barbara begann sich ein wenig zu bewegen und er zog die Hand zurück. Sanft hatte sie ihn mit der Brust daran berührt und Michael sah ihr beim Aufwachen zu. Schließlich schlug sie die Augen auf und flüsterte „Guten Morgen." Er erwiderte den Gruß und gab ihr einen Kuss.

Sie räkelte und streckte sich und bemerkte erst danach die offen stehende Jacke. Mit einem Lächeln schloss sie einen der Knöpfe. „Der Abend war ziemlich interessant", begann sie lächelnd zu erzählen, dann setzte sie fort „Wenn du mir so schmutzige Sachen in das Ohr flüsterst, dann macht mich das ganz wuschig!" Er beugte sich zu ihrem Ohr und flüsterte „Ich habe hier noch Kondome im Nachtschrank!" „Haben wir die gestern auf dem Tisch gebraucht?", fragte sie verschmitzt.

Seine Hand tastete sich unter die Bettdecke und da sie ja kein Höschen trug, war das Ziel seiner Suche für ihn gut erreichbar, aber noch bevor er sich an die Löckchen herangetastet hatte, hörte er Leonie vor der Tür rufen „Heute ist der 23. Dezember! Morgen ist Weihnachten!" Schnell zog er die Hand wieder fort.

„Schade!", stöhnte Barbara und setzte hinzu „Nicht, das morgen Weihnachten ist, sondern, dass wir jetzt an dieser Stelle unterbrochen werden." „Merke dir die Stelle. Wir machen da heute Abend weiter!", flüsterte Michael. Sie gab ihm einen Kuss, dann wurde die Tür geöffnet und Leonie kam mit dem Bären in das Schlafzimmer. Sekunden später waren sie zu viert in dem großen Bett mit der warmen Decke. Jetzt war Kuschelzeit!

„Was habt ihr den gestern noch gespielt?", fragte Leonie nach einer Weile. „Verstecken", antwortete Michael und sah, dass sich Barbaras Gesichtsfarbe leicht ins Rötliche verschob. „Warum spielt ihr Erwachsenen denn immer das Gleiche? Das hast du damals auch mit Mama immer gespielt!", gab Leonie zurück und er stutzte. „Das ist zwei Jahre her. Daran kannst du dich noch erinnern?" Er merkte, wie seine Ohren auch gerade zu leuchten begannen.

Mit einem Satz war die Tochter aus dem Bett und er sagte „Ups", als Barbara ihn vorwurfsvoll ansah. „Wir haben manchmal gestritten und uns anschließend wieder versöhnt. Der Sex war da immer grandios dabei!" „So, wie bei uns gestern?", fragte Barbara und er konnte ihr nur zustimmen. „Manchmal haben wir sogar nur gestritten, um uns danach zu versöhnen." Leonie stürmte wieder in das Zimmer und sprang in das Bett zurück. Sie hatte den Weihnachtskalender geplündert und den kleinen Stoffpinguin in der Hand.

„Was machst du eigentlich beruflich?", fragte Barbara und er antwortete „Ich bin Architekt." „Der Beste der Welt!", sagte Leonie und er strich ihr über den Kopf. Das sagten vermutlich alle Kinder über ihre Eltern. Dann setzte die Tochter hinzu „Mein Papa, der baut gerade ein Erlebnisbad und ich werde die Erste sein, die da über die Rutsche in das Becken rutscht. Das hat er mir versprochen!"

„Wo genau baust du das Bad?", fragte Barbara seltsam kühl und er erklärte ihr die Lage der Baustelle. Wortlos stand Barbara aus dem Bett auf, nahm sich ihre Wäsche, zog sich die Schlafanzugjacke zurecht und ging aus dem Zimmer. „Was ist denn los?", fragte er hinterher, aber er bekam keine Antwort von ihr.

„Lass uns zusammen den Tisch für Barbara decken", sagte er zu Leonie und die Tochter war auch schon auf dem Weg. Was war da gerade mit Barbara gewesen? Von einem Moment auf den anderen hatte sie sich verändert. War der Kummer des vergangenen Tages zu ihr zurückgekommen? Michael betrat die Stube, sah zur geschlossenen Badtür und trat an den Herd. Er setzte das Wasser auf, legte Holz nach und ging zur Tür des Badezimmers. Diese war aber verriegelt.

Michael klopfte an und fragte „Barbara. Was ist los?", aber er erhielt keine Antwort. Während Leonie beim Decken des Tisches mit den Tellern und Tassen klapperte, stand er stumm vor der Tür und wartete. Was hatte die Frau nur? Er hatte doch gar nichts gesagt. Oder? Fragend blickte er zu seiner Tochter.

Erneut klopfte er und rief „Barbara! Bitte mach doch auf! Erkläre es mir!"

## 18. Kapitel

# Alles aus?

Mit verheulten Augen stand sie im Bad und sah sich im Spiegel an. Der Morgen hatte perfekt begonnen. Michael war eigentlich alles, was sie sich von einem Mann immer erträumt hatte. Aufmerksam, zärtlich und ein ausdauernder Liebhaber. Und nun das! Er war der Architekt, der auf dem Grundstück des Vaters dieses blöde Bad bauen wollte!

Seit Jahren hatte der Vater dagegen prozessiert. Das Elternhaus von Barbara war über zweihundert Jahre alt und seit unendlichen Zeiten im Besitz der Familie. Nun sollte es dieser Wasserrutsche weichen, über die Leonie so gern rutschen wollte. Der Vater war an dieser Klagewelle krank geworden und vermutlich auch daran gestorben. Am Tage seines Todes hatte er ihr noch einen Zettel geschrieben mit der Bemerkung, dass wohl wieder einer dieser Anwälte dagewesen war.

Sein, Herz, welches durch den Tod der Mutter sowieso schon angeschlagen war, hatte diese Aufregung nicht mehr verkraftet. Wenn man so wollte, so hatte Michael ihn umgebracht. Barbara schnaubte in das Taschentuch. Der „Mörder" ihres Vaters stand vor der Tür und kratzte am Holz. Das war so unfair! Gerade erst hatte sie sich damit abgefunden, dass der Schmerz wegen des Unfalls des Vaters vergangen war, da kam der Schmerz wieder hoch.

„Verdammt!", zischte Barbara und knüllte die Schlafanzugjacke zusammen. Sie würde hier nicht ewig drin bleiben können.

Heulend setzte sie sich auf das Schränkchen. Was sollte sie sagen? Sollte sie überhaupt was sagen? Was würde es nutzen? Der zerknüllte Stoff flog im hohen Bogen in die Ecke. Michael würde das Projekt, im derzeitigen Stand der Entwicklung, sicher auf gar keinem Fall noch stoppen können. Alle Nachbarn rund um ihr Elternhaus hatten schon verkauft. Nur ihre paar Quadratmeter fehlten noch für den Baubeginn.

Blieb eigentlich nur die Frage, ob sie dem Mann irgendwie verzeihen konnte. Oder ob sie es wollte.

Wieder klopfte er und sie entschloss sich, nach draußen zu gehen. „Was ist denn los?", fragte er sie besorgt und Barbara nannte ihren Nachnamen. „Ach du Schreck! Rosengasse 23?", fragte der Mann und sie bestätigte die Adresse des Elternhauses. Nun sah er etwas betroffen aus.

Nur Leonie sprang um sie beide herum und hatte noch nicht begriffen, was da gerade zwischen den Erwachsenen passieren wollte. „Warum muss das Schicksal so ein Arschloch sein?", sagte Michael gepresst und versuchte seine Tränen zurückzuhalten. Warum kamen die jetzt bei ihm hoch? Barbara verstand ihn nicht. Er hatte doch, durch den Tod des Vaters, nun endlich gewonnen. Das Bad konnte gebaut werden.

„Ich will dich nicht verlieren!", sagte er und Leonie stoppte nun ihren Tanz. Sie sah fragend zu den beiden Erwachsenen hoch. „Deine Rutsche soll da hinkommen, wo mein Elternhaus gerade noch steht", erklärte Barbara und schluckte ein paar Tränen herunter. Der Mann zog sie an sich und sie ließ es geschehen.

Es fühlte sich so gut an, wenn sie in seinen Armen lag und trotzdem konnte sie es im Moment nicht genießen. Michael hielt sie fest an seine Brust gepresst. Auch Leonie umarmte sie nun, wenn auch ein Stück tiefer. Kopf und Bauch kamen in einen Widerstreit, bei dem im Moment noch nicht sicher war, wer diesen Kampf gewinnen würde. Der Kopf versuchte ihr rational zu erklären, dass dieser Mann nichts für sie war, weil er ja am Tod des geliebten Vaters mit schuldig war.

Währenddessen versuchte der Bauch mit seinem warmen Gefühl diese Zweifel fortzuspülen. „Lass dich darauf ein! Alles wird gut!", flüsterte der Bauch. Eingeklemmt zwischen diesen beiden lieben Menschen brüllte der Kopf sie an, „Alles ist aus! Geh! Schnell!" Doch sie wollte dem Bauch vertrauen, der flüsterte „Jetzt geht es erst so richtig los!"

„Setzten wir uns erst mal an den Tisch", sagte Michael schließlich und ließ sie los. Leonie umklammerte immer noch ihre Beine und da Michael sie zum Tisch zu ziehen versuchte, wäre sie beinahe gestürzt. Der unbewusst komische Moment sorgt dafür, dass der Kopf abgelenkt war und ein Lachen brach aus ihr heraus. Der Bauch übernahm die Kontrolle.

Alles würde gut werden. Alles musste gut werden!

Zeit zum Reden! Zeit zum Nachdenken. Da war eine Entscheidung fällig, die mit dem Kopf getroffen werden musste. Doch der war ja gerade anderweitig beschäftigt. Der versuchte sie immer noch von den beiden Menschen fortzutreiben. Barbara zwang sich zur Ruhe und verscheuchte die Stimme aus ihrem Kopf!

Der Bauch hatte Hunger und darum also erst mal Frühstück! Leonie hatte sich wirklich viel Mühe gegeben. Kaffee und Tee standen auf dem Tisch. Brot, mit Marmelade und Schoko Creme, war ebenfalls vorhanden. Der Schmerz um den verlorenen Vater kreiselte immer noch in ihrem Kopf herum, aber aus einem Schmerz heraus konnte keine rationale Entscheidung getroffen werden.

Was sollte werden? Die Kerze warf ein flackerndes Licht auf die drei Menschen am Tisch. Barbara strich sich die Erdbeermarmelade dick auf die Stulle. Die hatte auch der Vater so geliebt! Dicke Tränen tropften herab, dann wischte sie diese wieder ab.

„Wohnst du dort?", fragte Leonie und Barbara nickte mit vollem Mund. „Und wohnt da noch jemand außer dir?", fragte die Kleine weiter. „Nein. Nur ich!", antwortete Barbara, als sie den Bissen heruntergeschluckt hatte. „Ich könnte nicht so einsam leben", ergänzte Leonie ihren Gedanken und biss in das Brot. Schweigend aß Barbara weiter. Gedanken zogen Kreise in ihrem Kopf.

Natürlich war es dort ziemlich einsam, jetzt, wo alle anderen Nachbarn fort waren. Aber es war doch das Elternhaus! So viele Erinnerungen hingen daran!

War das jetzt der Kopf, der sich an diese Gedanken klammerte? Oder der Bauch mit den guten Gefühlen von damals? Das Mädchen hatte schon recht. Die letzten vier Wochen waren die Hölle für Barbara gewesen. Das kalte Haus und die ständige Trauer wegen des Vaters. Aber es war das Elternhaus!

Die verwahrloste Gegend rund herum. Der Müll und die immer mehr werdenden Graffitis an den Wänden. Aber es war das Elternhaus! Die Nächte in dem alleinstehenden Haus waren auch nicht ganz so ihr Ding. Manchmal hatte sie Angst, in der Abenddämmerung noch mal schnell den Müll raus zu bringen. Aber es war doch nun mal ihr Elternhaus!

Und überhaupt, wo sollte sie denn dann wohnen? Sie hatte keinen Job mehr und seit sie bei ihrem Freund vor über einem halben Jahr ausgezogen war, hatte sie nur diese Wohnung. Und ohne den Job konnte sie sich doch gar kein anderes zu Hause mehr leisten.

Wenn sie das Haus nun verkaufen würde, so würde das Arbeitsamt vermutlich alles kassieren. Nichts würde ihr bleiben. Arbeitslos und obdachlos. War das ihr Schicksal? Irgendwann würde sie weichen müssen!

„Ich kann da nicht weg! Wo soll ich denn dann hin?", fragte sie leise, in Gedanken versunken. Leonie sagte mit vollem Mund „Na zu uns!" Barbara sah in Michaels Augen. Die Erkenntnis leuchtete in seinem Gesicht auf und vermutlich auch in ihrem. An diese Lösung hatte sie noch nicht zu denken gewagt.

## 19. Kapitel

# Entscheidungen

*E*r sah zu ihr und er sah zu Leonie. So einfach hatte die Tochter alle Probleme mit einem Satz gelöst. Kinderlogik! Aber war das wirklich die Lösung? Er kannte Barbara noch nicht mal eine Woche und doch gab es da schon dieses starke Band, das sich um sein Herz legte, wenn er sie nur ansah. Michael kannte das Gefühl. Er hatte sich in sie verliebt, aber wie sah Barbara das? War sie nur noch bei ihnen, weil sie hier nicht fort konnte? Oder war auch bei ihr die Liebe entflammt? Er ließ ihr Zeit zum Überlegen und versorgte sie weiter mit Kaffee. Später zog er sich Leonie auf den Schoß, nahm eines der Bücher und las daraus vor.

Diesmal schien Barbara weit fort zu sein. Sie rührte in dem Kaffee, während sie mit geschlossenen Augen zuhörte. Wieder wurde es eine lange Geschichte und schließlich sprang Leonie herunter, griff sich ihren Bärli und verschwand in ihrem Zimmer. Immer wieder staunte er, woher die Tochter wusste, wann die beiden Erwachsenen Zeit zum Reden brauchten.

Barbara öffnete ihre Augen und sah ihn an. „Was nun?", fragte sie leise. „Ich liebe dich und ich bitte dich darum, dass du bei mir einziehst. Bei uns! Leonie braucht eine Mutter und du bist die Richtige." „Und das Haus?" „Verkaufe es zu einem guten Preis. Dann kannst du ja auch bei uns anfangen. Eine Sekretärin hat zum Jahresende gekündigt. Könntest du das?" „Ich habe mal Kommunikationswissenschaften studiert!", erklärte sie und trank ihren Kaffee aus.

„Alles klingt so schön und schlüssig. Aber nach diesem Jahr? Ich habe Angst einfach so loszulassen! Was kommt danach?", erklärte sie zweifelnd. „Lass los. Spring! Ich fange dich auf!", sagte er und schob eine neue Tasse Kaffee über den Tisch. Dankbar nickte sie und hielt den Kopf schräg.

„Morgen ist Weihnachten!", flüsterte sie und sah in ihren Kaffee. Dann setzte sie fort, „Ich kann das alte Jahr hier hinter mir lassen und ein neues beginnen. Mit euch! Wenn du mir hilfst!" „Das möchte ich!", entgegnete er und reichte ihr über den Tisch hinweg die Hand. Sie lächelte und schlug ein „Abgemacht!", sagte er und Barbara strahlte ihn an. „Ich liebe dich", flüsterte sie. „Ich liebe dich auch", antwortete er, erhob sich und gab ihr über dem Tisch einen Kuss.

Ein paar Sachen mussten nun noch geklärt werden, doch das würde sich schon alles geben. Wenn die Liebe im Spiel war, dann entdeckte man immer eine Lösung. Egal, welches Problem sich einem auch in den Weg stellte!

Gemeinsam überlegten sie und er fand es mehr als einmal ziemlich seltsam, dass sie sich erst etwa eine Woche kannten. So viele gemeinsame Vorstellungen hatten sie. So viele Gemeinsamkeiten. Wieder beugte er sich vor und küsste sie.

„Sollte ich mir nicht vorhin eine Stelle merken?", fragte sie verschmitzt und setzte hinzu, „Ich glaube, da kribbelt es gerade ganz doll!" Michael lächelte sie an und nahm ein Bein auf die andere Seite der Bank, wodurch er jetzt die Bank zwischen den Beinen hatte. „Dann komm her!", sagte er leise und Barbara erhob sich.

Langsam umrundete sie den Tisch, beugte sich über ihn und küsste ihn. Er zog sie vor sich auf die Bank und sie lehnte sich mit ihrem Rücken an seine Brust. „Ich liebe dich!", flüsterte er ihr ins Ohr und küsste zärtlich die Seite ihres Halses. So saßen sie beide voreinander rittlings auf der Bank. Er legte seine Arme von hinten um ihre Hüften und hielt sie vor dem Bauch fest. „Die gemerkte Stelle war aber etwas tiefer!", flüsterte sie.

Michael zog seine Hand zurück und fuhr mit ihr dann von hinten über ihre Hüfte nach unten. Die andere Hand schob sich unter das T-Shirt und glitt nach oben. Für einen Moment blieb er so sitzen. Die eine Hand auf ihrem nackten Bauch, die zweite vorn in ihre Jeans geschoben. Er konnte spüren, wie sie atmete und ein warmes Gefühl durchflutete nun auch ihn.

Beide Hände bewegten sich weiter auf ihre Ziele zu. Sie hatte den BH weggelassen, wie er nun ertastete. Die obere Hand ruhte wenig später auf ihrer Brust und die andere fühlte sich vorsichtig vorwärts. „Das war die Stelle!", stöhnte sie auf, als seine Fingerspitzen unter dem Slip die Löckchen auf ihrem Schoß erreicht hatten. Für einen Moment spielte er mit ihnen, bevor er sich weiter vorwärts wagte.

„Wie feucht du da schon bist!", hauchte er in ihr Ohr, als seine Finger das ersehnte Ziel zu streicheln begannen. Langsam zog er ihren Oberkörper zurück, begann die Brust zu liebkosen und schob dann zwei Finger in ihren Schoß. Barbara zuckte zusammen und stöhnte auf. „Fick mich", hauchte sie und seine Finger begannen ihren Wunsch zu erfüllen.

Immer schneller wurden seine Finger und auch ihr Atem passte sich dieser Geschwindigkeit immer mehr an. Michael hoffte, dass Leonie nun nicht gerade in das Zimmer kam. Dafür kam Barbara. Sie wurde von den Wellen des Höhepunktes durchgeschüttelt und stöhnte auf. „Ich liebe dich", flüstere sie zum Schluss und er spürte, wie sie an seiner Brust einschlief.

Er erinnerte sich zurück an seine Jugend. Petting hatten sie das früher immer genannt. Wieder gingen seine Gedanken zu Anna. Im Ferienlager hatten sie es damals genauso gemacht. Das war wohl damals ihr erstes gemeinsames Mal gewesen. Anna war damals auch sofort danach eingeschlafen und er hatte sie auf der Bank nur gehalten. So, wie er jetzt Barbara hielt. So vieles schienen die beiden Frauen ähnlich zu machen. War das ein Zufall? Oder Schicksal? Er küsste ihren Hals und hörte auf die Schlafgeräusche von ihr. Leise schnarchte sie vor sich hin und er musste schmunzeln.

Gerade hatte er seine Hand aus ihrer Hose gezogen, als Leonie mit dem Bären in das Zimmer zurückkam. Michael legte den Finger vor den Mund und sagte „Pst! Sie ist gerade eingeschlafen!" Leonie nickte und setzte sich mit Bärli an den Kamin. Michael hatte noch den Finger vor der Nase mit Barbaras Duft daran. Würzig, kräftig und markant. So ähnlich wie der seiner Frau.

Es dauerte eine ganze Weile bis Barbara wieder erwachte. Er hatte sie einfach die ganze Zeit mit beiden Armen um die Hüften umklammert und festgehalten. „Das war richtig gut", sagte sie leise und sah dann, dass Leonie zu ihren Füßen saß.

Barbara drehte ihren Kopf zu ihm und er küsste sie. Nun setzte sich auch Leonie vor sie. Sie saßen wie im Zug. Er hatte Barbaras Bauch umklammert, diese hatte ihre Hände vor Leonies Bauch und die Tochter wiederum hielt ihren Bärli vor sich auf dem Schoß.

Er musste bei diesem Anblick lachen und die beiden Frauen sahen fragend zu ihm zurück. Nur Bärli sah geradeaus und verstand ihn vermutlich. Alles würde gut werden. Sie passten aufeinander auf. Die Liebe hatte den Schmerz besiegt!

## 20. Kapitel

# Der perfekte Weihnachtsbaum

Barbara und er hatten den Abend mit kuscheln ausklingen lassen und diesmal war es wirklich beim Kuscheln vor dem Kamin geblieben. Wieder hatten sie sich danach seinen Schlafanzug geteilt. Sie trug erneut die Jacke und er die Hose. Die Tür zur Kammer hatte er offen gelassen und so war es auch schön warm in dem Raum. Mitten in der Nacht hatte sich dann Leonie zu ihnen gelegt und nun sah er zu seinen beiden Frauen hinüber, die eng umschlungen in dem breiten Bett schliefen.

Seit Stunden beobachtete er sie nun schon im schwachen Schein der kleinen Petroleumlampe. Hier war alles gut und trotzdem flogen seine Gedanken in die Zukunft. Lange hatten sie sich am Vortag drüber unterhalten, was nun werden würde. Würde alles die gewünschte Richtung nehmen? Sicher! Bisher waren sie ja gut miteinander ausgekommen, aber hier konnten sie ja auch nicht voreinander fliehen. Oder war es genauso dies, was ihm diese Zuversicht gab?

Andere Paare stritten meist im Urlaub, weil sie sich auf die Nerven gingen. Mit Barbara war das ganz anders! Mittlerweile verstanden sie sich ausgezeichnet. Jeder wusste, was der andere wollte. Manchmal beendete einer von ihnen den Satz, den der andere begonnenen hatte. Barbara musste danach meist lachen und dieses Lachen war so herzerfrischend.

Noch vor zwei Wochen hätte er nicht geglaubt, dass es noch einmal eine Frau schaffen würde, in sein Herz zu gelangen. Die Trauer hatte da eine Mauer drum herum errichtet und die Arbeit hatte sie aufrechterhalten. Nun, hier in der Abgeschiedenheit dieser Hütte, war diese Mauer eingebrochen. Barbara hatte sie niedergerissen. Mit ihrem Lachen, ihrer Leidenschaft und ihrer Herzlichkeit. Vielleicht war es beidseitig, dass sie sich geholfen hatten.

Michael sah zur niedrigen Zimmerdecke hinauf und begann das Für und Wider abzuwägen. In Gedanken machte er eine Liste, aber er fand nur Punkte, die für diese Verbindung standen und so, wie sich Leonie gerade an die Frau klammerte, war wohl auch für die Tochter alles geklärt.

Schmunzelnd musste er daran denken, wie die Tochter noch vor ein paar Tagen geschrien hatte, als sie festgestellt hatte, dass sie bei Barbara im Bett gelegen hatte und nicht bei ihm. Nun schien alles gut zu sein.

Da heute der 24. Dezember war, begann er über seinen Weihnachtswunsch nachzudenken. Er war hier herauf gekommen, um in Ruhe mit Leonie zu feiern und ungestört etwas Familienleben zu haben. Nun hatte er wieder eine Familie! Barbara hatte diese Familie komplett gemacht. Michael sah zur Armbanduhr. Es war gerade fünf Uhr geworden.

Vorsichtig erhob er sich und ging hinüber zum Kamin, um etwas Holz nachzulegen. Die Glut flammte auf, als er das Holz hineinschob. Im Schein des Feuers blieb er ein paar Minuten auf der Bank davor sitzen. Danach ging sein Blick zur Ecke der Hütte, in welcher das Holz lag. Es hatte deutlich abgenommen und würde sicher nur noch diesen Tag reichen. Ab morgen würde er anfangen müssen, die Möbel zu verfeuern. Aber nicht die Bücher! Die hatten seiner Tochter und Barbara so sehr gefallen.

In der Ecke stand noch der Kanister mit dem Petroleum. 20 Liter waren es vor Tagen gewesen. Nun war er ganz leicht. Auch der Bestand an Kerzen hatte besorgniserregend abgenommen. Lebensmittelvorräte hatten sie noch, da sie ja nicht in das Dorf hinabgehen wollten. Für zwei Wochen hatte er sich ausreichend eingedeckt und Barbara hatte ja auch Verpflegung für zwei Wochen in ihrem Rucksack gehabt.

Damit war zumindest das Weihnachtsessen gesichert. Noch hatte er zwanzig Kerzen. Licht würde es damit also auch geben und eine Weihnachtsgeschichte konnte er dazu aus dem mitgebrachten Buch vorlesen.

Aber das Wichtigste am Fest, einen Weihnachtsbaum, den hatten sie nicht. Die Säge lag nutzlos in der Ecke. Er hatte ja vorgehabt, sich einen Baum aus der kleinen Schonung vor der Hütte zu holen. Das war ja nun aber nicht gegangen.

Weihnachten ohne Baum? Das zog er überhaupt nicht in Betracht! Niemals!

Da würde er irgendetwas improvisieren müssen. Nur was konnte er zum Baum machen? Einen Besenstiel hatte er in der Ecke stehen und was sollten die Zweige werden? Sorgfältig begann er die Hütte zu durchsuchen. Wenig später war Barbara neben ihm und fragte leise, was er da tat. Flüsternd erklärte er ihr seinen Plan, das Weihnachtsfest für Leonie zu retten und bekam dafür einen Kuss. Nun suchten sie zu zweit, welche Gegenstände zu einem Bäumchen werden konnten. Es war gar nicht so einfach.

Eine Stunde später lagen ein paar alte Äste aus dem Kaminholz, etwas Draht und ein alter Reisigbesen auf dem Tisch und sie beide betrachteten ihre Ausbeute. Es würde eine ganz schöne Bastelei ergeben, aber Zeit hatten sie ja genug. „Lass uns noch eine Weile ins Bett gehen", sagte er leise und zog sie hinter sich her.

Wenige Augenblicke später kuschelten sie sich wieder unter die warme Bettdecke. Über Leonie hinweg streichelte er Barbaras Wange und sah in ihre Augen. Alles war gut und wenn Leonie gerade nicht im Bett gewesen wäre, so hätte das bestimmt ein schöner Auftakt des Weihnachtsfestes werden können. Barbara hatte ohne Hose nach den Teilen des Weihnachtsbaumes gesucht und ihm dadurch, beim Bücken, immer wieder einen guten Ausblick auf ihren blanken Hintern gegönnt. Und auf alles andere sonst auch.

Aber es blieb beim Streicheln, bis Leonie erwachte und aus dem Bett hopste. Mit dem Ruf „Es ist Weihnachten!" sauste sie um den Tisch und betrachtete dabei das darauf liegende Durcheinander. Es dauerte ein paar Minuten, um ihr den Plan zu erklären und sie zum Basteln zu animieren.

Nach dem Frühstück saßen sie somit zu dritt am Tisch und schon bald nahm das Besen-Äste-Draht Gestell die Form eines Weihnachtsbaumes an. Zeitungsblätter wurden zu Tannennadeln geschnitten, grün angemalt und nach zwei Stunden stand etwas in der Ecke, was man in etwa mit „Weihnachtsbaum" umschreiben konnte.

Der Baumschmuck war ja schon in der Hütte und somit ging es nun darum, ob die Konstruktion stabil genug war, auch Kugeln und Kerzen zu tragen. Doch es funktionierte.

„Das ist der schönste Weihnachtsbaum, den wir jemals hatten!", rief Leonie und tanzte erneut um den Tisch herum. Die strahlenden Augen von Leonie, aber auch die von Barbara, waren Belohnung genug für die Anstrengung.

Weihnachten war gerettet!

Nun ging es darum, das Weihnachtsessen auf dem Ofen vorzubereiten. Gemeinsam standen sie am Herd und reichten sich die Zutaten zu. Barbara hatte die Leitung übernommen. Sie war wohl die beste Köchin unter ihnen. Singend, schneidend und lachend ging die Arbeit zügig von der Hand.

## 21. Kapitel

# Familienleben

Die Blicke von Leonie beim Aufwachen waren einfach unbezahlbar. Barbara fühlte sich geliebt und willkommen. Auch die Basteleien waren eine schöne Abwechslung und dabei schweiften ihre Gedanken immer wieder ab. Sie hatte das pure Glück gefunden und musste immer daran denken, dass sie es genau in dieser Hütte gesucht hatte. Sie hatte zwar nicht wissen können, dass diese beiden Menschen es in der Hand hatten, aber es war schön, dass sie es gefunden hatte, dass sie sich gegenseitig gefunden hatten.

Michael war zärtlich und fürsorglich zugleich. Das Kuscheln am Abend war da nur noch der letzte Beweis gewesen, dass sie den perfekten Mann gefunden hatte. Nun standen sie am Herd und das Essen wurde langsam in den Topf gegeben. Zu dritt ging das ganz fix.

Mitten in der Vorbereitung des Mahls klopfte es plötzlich an der Hüttentür und sie alle drei zuckten herum. Sie waren doch eingeschneit. Wer konnte denn da klopfen? „Der Weihnachtsmann!", rief Leonie und rannte zur Tür. „Vermutlich die Bergwacht", sagte Michael leise und ging hinter der Tochter her. Vor der Tür stand ein Mann mit einer Pelzmütze auf dem Kopf und einer Schaufel in der Hand. „Hallo ihr. Braucht ihr irgendetwas?", fragte der Mann, als sie zu dritt in der nun offenen Tür standen. Barbara sah eine Pistenraupe nur ein paar Schritte hinter dem Mann stehen. Durch das Lachen in der Küche hatten sie das Motorengeräusch nicht gehört.

„Kommen sie rein!", sagte Michael und gab den Weg in die Hütte frei. „Moment", sagte der Mann, stellte die Schaufel ab und ging noch einmal kurz zur Raupe zurück. Mit einem Korb kam er danach in die Hütte. „Das soll ich euch von Willy geben", sagte er, als er den Korb auf den Tisch abstellte. Ein paar Geschenke und etwas zu essen lagen in dem Korb. Der Mann wärme sich am Feuer die Hände und fragte noch einmal, ob sie einen Wunsch hätten.

„Einen oder zwei hätte ich", begann Barbara und sah die anderen beiden Mitbewohner an. „Ist es möglich, dass wir morgen im Tal in die Kirche gehen könnten? Schließlich ist doch Weihnachten" „Kein Problem. Ich hole euch morgen früh um acht mit der Raupe ab. Und der zweite Wunsch?", fragte der Mann, wie es wohl die gute Fee im Märchen tun würde. „Ich möchte mich gern morgen früh vor dem Gottesdienst warm duschen. Ist das möglich?", fragte Barbara und der Mann nickte. „Kein Problem. In der Talstation der Bergwacht haben wir eine Dusche!"

„Noch jemand einen Wunsch?", fragte der Mann, bevor er sich verabschiedete, doch alles war da. Nachdem der Mann die Hütte verlassen hatte, fragte Michael „Wollen wir uns nun einen richtigen Baum in der Hütte holen?" „Nein! Unserer gefällt mir besser!", erklärte Leonie, griff sich dabei schon die Jacke und sagte fordernd „Ich will jetzt endlich rodeln gehen!"

Dieser Wunsch musste natürlich sofort erfüllt werden und so waren sie schon ein paar Augenblicke später auf der Schneefläche vor der Hütte.

„Ich hätte nur noch einen halben Meter weitergraben müssen und ich wäre durch die Verwehung gewesen!", stellte Michael fest, als er vor der Hütte stand, und Barbara dachte „Wie gut, dass du es nicht getan hast!" Ein halber Meter Schnee hatte für sie das Glück bedeutete, denn sonst wäre sie ja schon vor Tagen wieder in das Tal hinab gestiegen, ohne zu merken, dass es genau so sein sollte, wie es schließlich gekommen war.

Doch nun ging es darum, das Leonie mit dem Schlitten fahren wollte. Den Rest des Nachmittags tobten sie zu dritt durch den Schnee. Es war ein herrlicher Tag. Ein blauer Himmel erstreckte sich über dem schneebedeckten Berg. Wie kleine Kinder tobten sie alle drei draußen herum. Rodeln, Schneeballschlacht und Schneemann bauen waren angesagt.

Als sie bei der einbrechenden Dämmerung in die Hütte gingen, standen direkt vor der Hüttentür drei Schneemänner. Oder besser gesagt, ein Schneemann, eine Schneefrau und ein Schneekind! Familie Schneemann stand draußen vor dem Fenster und sie saßen wenig später am Tisch und betrachteten ihren gebauten Weihnachtsbaum mit den darunterliegenden Geschenken.

Nach dem köstlichen Abendessen wurden die Geschenke ausgepackt und danach war Leonie so müde, dass Michael sie in das Bett tragen musste. Aber sie bestand darauf, dass auch Barbara ihr einen Gute-Nacht-Kuss gab. Das war so eine Art von Ritterschlag für sie und wenig später saß sie neben Michael, unter einer Decke, vor dem Kamin und kuschelte sich an ihn an.

Auf der hölzernen Eckbank ließ Barbara noch einmal diese Woche vor sich vorüberziehen. War es nicht genau an diesem Tisch gewesen, als alles begonnen hatte? Zwar mit dem Pflaumenschnaps von Willy, aber immerhin. Ihr Blick fiel auf den Korb, den ihnen der Mann von der Bergwacht gebracht hatte. Es waren drei Geschenke darin gewesen.

Drei Geschenke für drei Menschen!

Entweder hatte Willy das schon die ganze Zeit gewusst, oder seine Tochter hatte es ihm mitgeteilt. Und es war auch seltsam, dass sich die Bergwacht so lange Zeit gelassen hatte, um nach ihnen zu sehen. War das etwa Absicht gewesen? Hatte der alte Mann das eventuell absichtlich so eingefädelt? Natürlich würde Willy das vehement abstreiten, doch sein verschmitztes Lächeln bei ihrem Aufbruch gab ihr nun zu denken.

Michael riss sie aus ihrem Grübeln heraus. Er gab ihr einen Kuss und sie lehnte sich an seine Schulter an. Das Feuer prasselte im Kamin und sie hatten auch wieder Holz von draußen mitgebracht. So sollte sich ein Familienleben anfühlen. So unglaublich geborgen fühlte sie sich im Moment und genau so konnte es bleiben!

In ein paar Tagen würde ein neues Jahr anfangen und es würde mit ihrem Umzug beginnen. Alles Alte würde sie zurücklassen und sich auf ein neues Leben einlassen. Im Schein des Feuers war alles gut. So ließ sich das Leben genießen. Nur noch nach vorn ging ihr Blick und die Flammen löschten den Ärger, den Schmerz und die Trauer in ihr vollständig aus.

Sie drehte ihren Kopf zu Michael und flüsterte in sein Ohr „Die Stelle, die ich mir gestern merken sollte, die krabbelt schon wieder so schön! Können wir dann ins Bett gehen?"

Ohne ein Wort küsste er sie, hob sie auf seine Arme und trug sie in die Kammer hinüber. Nun würde aus dem aufmerksamen und liebenswerten Mann bestimmt gleich wieder ein stürmischer und leidenschaftlicher Liebhaber werden.

Gegenseitig rissen sie sich in Vorfreude die Kleidung vom Leib. „Ich liebe dich!", stöhnte Barbara und ließ sich rücklings in das große Bett fallen.

## 22. Kapitel

# Das schönste Geschenk

*D*er ganzen Tag, oder besser den halben, waren sie vor der Hütte im Schnee gewesen. Sie hatte alles das nachgeholt, was der Vater ihr für diese Woche versprochen hatte. Danach war Leonie so erschöpft gewesen, dass er sie in die Hütte zurücktragen musste. Das Schönste daran war aber, dass sie mit Barbara gerodelt war. Wie eine richtige Familie hatten sie diesen Nachmittag verbracht. Alles, was sich Leonie die ganzen Monate über gewünscht hatte, das war nun in Erfüllung gegangen. Und wenn der Vater es nicht verbocken würde, dann hätte sie mit Barbara eine neue Ersatzmama.

In der Hütte angekommen schälte Barbara sie aus dem Anorak, denn Leonie war dazu schon nicht mehr in der Lage gewesen. Völlig verausgabt saß sie wenig später auf der Bank in der Ecke.

Nur langsam kamen die Kräfte zurück, aber Barbara ließ sie nicht mehr los. Sie klammerte sich an die Hand der Frau, als diese aufstehen wollte. Zusammen packten sie auch das Geschenk aus, das der Vater mit hierher nach oben gebracht hatte. Es war ein schönes Spiel, das sie sich schon lange gewünscht hatte, doch im Moment war die Freundschaft von Barbara das größere Geschenk.

Auch wenn es der Vater sicher nicht verstand, so war doch das einfach nur hier, Seite an Seite, Sitzen ein viel besseres Präsent, als das teure Spiel. Als dann Barbara auch noch begann, es mit ihr aufzubauen und zu spielen, da war Leonies Glück perfekt.

Nur mühsam hielt sie zwar die Augen offen, aber dieses Spiel war wichtig. Nach dem Essen wollten sie weiterspielen, doch dazu war Leonie nicht mehr in der Lage. Sie ließ sich von ihrem Vater in das Bett tragen, doch sie bestand, sozusagen mit der letzten Kraft des Tages, darauf, auch von Barbara einen Kuss zur Nacht zu bekommen. Erst als sie diesen erhalten hatte, schlief sie ein. Das letzte Bild des Tages waren die beiden Erwachsenen, die Händchenhaltend vor ihrem Bett standen.

Alles war gut und sie hätte nicht zu träumen gewagt, dass der geschriebene Weihnachtswunsch so schnell in Erfüllung ging. „Danke lieber Weihnachtsmann. Danke Mama!", murmelte sie im Einschlafen.

Im Traum sah sie sich mit Barbara über den Schneehang tollen. Sie sah sich Hand in Hand auf einer Blumenwiese und sie nahm sich vor, im Sommer mit ihr hier nach oben zu kommen. So vieles hatte ihr Barbara von den Almwiesen im Sommer erzählt. Von den Kühen und dem Toben durch das Heu. Das musste sie unbedingt erleben!

Ein neuer Wunsch flog zum Himmel. „Ich möchte Barbara zur Mama haben!" Und sie sah im Traum, wie ihre richtige Mama ihr zunickte. Auch dieser Wunsch würde in Erfüllung gehen.

Still lächelte sie vor sich hin. Alles war gut und nun konnte sie beruhigt schlafen. Wenn sie morgen aufwachen würde, dann wären der Vater und Barbara in der Kammer nebenan. Und mit der Raupe würden sie auch noch in das Tal fahren. Ein neuer, an Abenteuern reicher, Tag würde es werden und davon würde es nun sicher ganz viele geben.

Und in der Schule, die bald anfangen würde, da konnte sie dann sagen: Ich habe Mama und Papa! Bärli lag in ihrem Arm und würde mit ihr dafür sorgen, dass der Wunsch in Erfüllung ging.

Sie wachte auf und hörte die beiden Erwachsenen in der Kammer nebenan. Alles war gut. Sie war nicht alleine. Nie wieder würde sie alleine sein. Genau das hatte sie sich gewünscht!

## 23. Kapitel

# Ein Seelenwunsch

ie Nacht, die mit Kuscheln am Abend begonnen hatte, war wild und leidenschaftlich geworden. Barbara schnarchte glücklich neben ihm und er sah ihr beim Schlafen zu. Wieder hatten sie sich in seinen Schlafanzug geteilt. Michael hatte diese Frau in sein Herz geschlossen und wollte sie dort auf keinem Fall wieder herauslassen. Vor Tagen war er hier herauf gekommen, ohne zu wissen, dass er das Glück suchen wollte. Nun hatte er es gefunden. Oder besser, das Glück hatte ihn gefunden. Er würde Barbara festhalten und nicht mehr loslassen.

Mit ihr war seine Familie wieder komplett. Alles musste gut werden und wenn sich das, was hier in der Hütte begonnen hatte, so auch unten im Tal fortsetzen würde, dann würde eine wilde Zeit für ihn kommen. Er hatte sich schon vorgenommen, nun etwas kürzer im Job zu treten. Ab sofort würde er viel mehr Zeit mit seiner Familie verbringen und sie hatten ja noch eine ganze Woche lang diese Hütte hier oben für sich.

Erneut ging ein Blick zu ihr hinüber. Eigentlich hätte er jetzt, müde und erschöpft, schlafen müssen. Ganze drei Mal nacheinander hatten sie sich geliebt, doch er konnte nicht schlafen. Er musste sie ansehen. Früher war das anders gewesen. Zwar hatten er und Anna sich auch leidenschaftlich geliebt, aber nun stellte er fest, dass er zu Barbara viel mehr gezogen wurde, als es zu Anna jemals gewesen war. Er hatte seine Frau ja auch ziemlich früh kennengelernt. Hier war das nun ganz anders!

War er damit seiner Frau gegenüber untreu? Schuldgefühle ihr gegenüber hatte er schon, aber ein neues Leben musste beginnen.

Hier und jetzt in diesem Bett!

In dieser Nacht zum ersten Feiertag beruhigte er sich mit dem Gedanken, dass nun alles gut werden würde, aber auch die Angst die Frau wieder zu verlieren, die war in ihm drin. Tief in seiner Seele. Daher wollte er jeden Moment so intensiv wie nur möglich mit ihr erleben. Genießen!

Nur der gegenwärtige Moment zählte. Und die Liebe, die sie sich gegenseitig schenkten. Mit einem Kuss auf die Stirn weckte er die Frau.

Barbara sah ihn blinzelnd an und sagte dann „Du bist ja unersättlich!" Sie kuschelte sich an ihn und hauchte „Aber bitte las mir mal etwas Ruhe!" Michael musste schmunzeln und nahm die Frau in den Arm. Aneinander gekuschelt lagen sie nun wach. Jeder hing seinen Gedanken nach, keiner sagte etwas, aber er konnte spüren, dass die Frau ebenfalls glücklich war. Und was zählte sonst, als das Glück?

Viel zu schnell konnte es zu Ende sein, das hatte ihm das Schicksal seiner Frau gezeigt. „Bitte lass mich das Glück so lange wie nur irgend möglich genießen!", gab er stumm nach oben ab und hoffte, dass dieser neue Weihnachtswunsch erhört werden würde.

„Hattest du nun genug Ruhe?", fragte er sie mit einem Augenzwinkern und wurde mit einem Kuss belohnt. Der Kuss wurde lang und länger. Verlangend tastete sich Barbaras Zunge in seinen Mund.

Da sie ja nur seine Jacke trug, war es nicht sonderlich schwer, sie davon zu befreien. Nur zwei Knöpfe hatte sie geschlossen.

„Ich liebe dich", hauchte Barbara, als seine Finger auf Entdeckungstour gingen und über ihren nackten Bauch fuhren. Sie drückte sich ihm entgegen und zog ihn an sich. In sich hinein! Michael stöhnte „Ich liebe dich auch", als er sich in sie schob. Die Kammer war nun erfüllt von ihrem glücklichen Schnaufen.

## 24. Kapitel

# Alles wird gut

Die Schneeraupe war pünktlich an der Hütte angekommen. Zu dem Zeitpunkt war es noch vollkommen dunkel auf dem Berg gewesen. Nach dieser stürmischen Liebesnacht freute sie sich besonders auf die Dusche im Tal. Der Mann von der Bergwacht hatte mit dem Scheinwerfer der Raupe die letzten zwanzig Meter zwischen Hütte und Einstieg ausgeleuchtet und sie waren zu dritt hinübergegangen. Nun rumpelte das Gefährt zurück in das Tal.

Bis auf den schmalen Kegel vor ihnen war alles noch in tiefstes Schwarz gehüllt. Eine halbe Stunde würde die Fahrt dauern und danach die warme Dusche. Wenn Barbara gekonnt hätte, sie wäre ausgestiegen, um die Schneeraupe zu schieben. Bei all dem Glück, welches sie in der Hütte gefunden hatte, freute sie sich nun unbändig auf das warme Wasser.

Waschzeug und Handtücher hatten sie alle drei in ihren Rucksack eingepackt und vielleicht war ja die Dusche groß genug, dass sie mit Michael zusammen duschen konnte. Sie saß hinten links, hinter dem Fahrer, Leonie neben ihr und neben der Tochter hockte Michael an der anderen Tür. Während die Beiden gebannt nach vorn sahen, blickte sie zur Seite. Ihre Hand fuhr Leonie über den Kopf und tastete nach Michaels Hand.

Dick eingepackt saßen sie in der Raupe, denn auch innen drin war es kalt. Trotzdem zog sie den Handschuh aus und auch Michael tat es ihr nach. Seine Hand legte sich gegen die ihre und das Gefühl, so Haut an Haut, war einfach unbeschreiblich.

Dann fiel der erste Sonnenstrahl in das Fahrzeug. Geblendet schloss Barbara kurz die Augen, um dann nach vorn zu sehen. Noch lag das Tal in der Finsternis der Nacht, aber die Spitze des Kirchturmes glänzte schon in der Sonne des ersten Weihnachtsfeiertages.

Langsam schob sich die Sonne über den Hügel und immer mehr Häuser in dem Dorf wurden aus der Dunkelheit geholt. Es schien wie ein Erwachen zu sein.

Brummend zog das Fahrzeug seine Spur nach unten. Der Mann vorn schaltete die Scheinwerfer aus und Barbara sah den hinter der Raupe davon fliegenden Schneewolken hinterher. Dort oben war die Hütte, zu der sie am Ende des Gottesdienstes wieder emporsteigen würden. Es würde wie ein Schritt in den Himmel sein. In den Himmel, in dem sie das Glück gefunden hatte.

War sie vor einer Woche noch nach oben gestiegen, um die Ruhe zu finden, so war dort etwas anders mit ihr passiert. Eine wohlige Wärme machte sich wieder in ihrem Bauch breit. War es die Berührung von Michaels Hand, die dieses Gefühl in ihr auslöste? Oder nur die Gewissheit, dass sie das Glück gefunden hatte? Es war wie ein Segen und deshalb musste sie in das Gotteshaus im Tal!

Schon jahrelang war sie nicht mehr in der Kirche gewesen, aber dieses Glück musste sie mit einem Gebet bestärken und wo ging das besser, als im Gottesdienst zur heiligen Messe am Weihnachtstag? Die beiden geliebten Menschen begleiteten sie und jeder wollte wohl für dieses gemeinsame Geschenk danken.

Dem Manne zugetan sah sie zu Michael hinüber und flüsterte durch das Brummen des Fahrzeuges hindurch „Ich liebe dich." Der Mann gab ihr über Leonies Kopf hinweg einen Kuss.

Immer größer wurden die Häuser unter ihnen und schon wenig später konnte sie die Talstation der Bergwacht erkennen. Die Freude auf die Dusche stellte sich wieder ein. Dann sagte sie zu Michael „Nächstes Jahr machen wir wieder Urlaub auf der Hütte. Versprochen?" „Versprochen!", antwortete ihr der geliebte Mann. „Vielleicht sind wir dann schon zu viert", setzte sie hinzu und Leonie antwortete ihr „Wir sind doch jetzt schon zu viert!" Dabei hob sie Bärli hoch, den sie fest umklammert auf ihrem Schoss gehalten hatte.

Michael zwinkerte ihr zu. Der Mann hatte sie verstanden. Ihr Leben war im Moment perfekt und auch dafür würde sie im Gottesdienst danken, und dafür, dass sie diese Hütte und diese beiden Menschen gefunden hatte.

Wieder dachte sie an die behagliche Hütte und an ihren Weihnachtswunsch. Am Vorabend hatten sie sich über ihre Wünsche ausgetauscht und sie war zu dem Schluss gekommen, dass es eigentlich nur ein Wunsch gewesen war.

Ein jeder von ihnen dreien hatte diesen in seiner Form aufgesagt. Sie wollte das Glück der alten Familie zurückhaben. Michael wollte das Glück mit Leonie und seiner Familie und Leonie wollte eine neue Mutter und auch nur das Glück der Familie finden.

Jeder der drei wollte nur eine Familie! Zusammenleben und glücklich sein. In Michaels Augen konnte sie dieses Blitzen sehen. Nun war alles wirklich gut.

Still lächelte Barbara in sich hinein. Sie hatte sich das Glück der unbeschwerten Jugend gewünscht und sie hatte eine neue Familie gefunden. Michael drückte ihre Hand und sie versank in seinen Augen.

**ENDE**

Von Uwe Goeritz im Verlag BoD (Books on Demand, Norderstedt) ebenfalls erschienene Bücher:

### „Cecilia im Bann der Liebe"
**ISBN lautet: 978-3-7392-4583-6**
**Altersempfehlung: ab 16 Jahre**

„Was ist Liebe und warum kann sie uns in ihren Bann ziehen? Kann Mann oder Frau das mit dem Kopf entscheiden? Oder ist da eine rationale Entscheidung völlig unnütz? Cecilia, die Heldin dieser Geschichte, beginnt ihrem Kopf zu folgen, wo sie ihrem Herz hätte folgen sollen.

Gibt es für sie die Chance, diese Entscheidung zu revidieren? Oder bleibt sie allein und unglücklich zurück?"

**112 Seiten für 6,49 Euro**

### „Für Immer an deiner Seite"
**Die ISBN lautet: 978-3-7412-8407-6**
**Altersempfehlung: ab 16 Jahre**

„Eine junge Frau schaut sich um und blickt zurück auf ihr Leben. „Wann ist die Liebe eigentlich erloschen?" fragt sich Maria, die Heldin dieser Geschichte. Im täglichen Kleinklein des Lebens hat sie sich viel zu weit von ihrem Mann entfernt. Oder er sich von ihr? Gibt es noch eine Chance?

Ist noch etwas Glut unter der Asche ihrer Liebe und kann der Wind der Veränderung die Flamme ihrer Liebe neu entflammen? Oder verweht der letzte Funken für immer und es beginnt ein neues Leben? Mit einem anderen?"

**112 Seiten für 6,49 Euro**

## „Die Liebe ist (k)ein Ponyhof"
**Die ISBN lautet: 978-3-7412-7920-1**
**Altersempfehlung: ab 16 Jahre**

„Manchmal geht es in der Liebe zu wie in einem Ponyhof. Zwei Treffen sich und trennen sich wieder, oder sie bleiben zusammen für immer und bilden eine kleine Familie. Ramona, die Heldin dieser Geschichte, liebt ihr Pflegepferd Rodrigo über alles.

Außer ihm hat sie keine Freunde, weder auf Arbeit noch privat klappt es bei ihr.

Durch Rodrigo ist sie mit der Welt verbunden und durch den Hengst findet sie ihr Glück. Im Ponyhof und auch in der Welt."

**116 Seiten für 6,49 Euro**

## „Griechische Küsse"
**Die ISBN lautet: 978-3-7448-7274-4**
**Altersempfehlung: ab 16 Jahre**

„War ihr ganzes bisheriges Leben eine einzige Lüge? Diese Frage stellt sich Jette, die Heldin dieser Geschichte. Nach dem Tod ihrer Mutter findet sie Hinweise darauf, dass die Geschichten, die ihr die Mutter über ihren Vater erzählt hatte, so nicht ganz stimmten.

Sie macht sich auf die Suche nach ihm und beginnt eine Reise, auf den Spuren der Mutter, in eine Zeit, in der ihr Leben einst begann. Auf Kreta stolpert sie Grigori in die Arme und es scheint so, als ob die Geschichte ihres Lebens vollkommen neu geschrieben wird. Oder doch nicht? Macht sie die Fehler ihrer Mutter ebenfalls? Wiederholt sich die Geschichte?"

**116 Seiten für 6,49 Euro**


## „Liebe hinter Klostermauern"
**Die ISBN lautet: 978-3-7448-8973-5**
**Altersempfehlung: ab 16 Jahre**

„Ein Leben wie im Kloster? Wollte sie das wirklich? Das fragt sich Karla, die Heldin dieser Geschichte, als sie auf Drängen ihrer Eltern in eine Hauswirtschaftsschule gehen muss, die sich in einem Kloster befindet. Doch dort lernt sie Rebecca kennen und verliebt sich in die gleichaltrige Frau.

Kann das gut gehen oder verstößt sie damit zu sehr gegen die Konventionen des Klosters und der Welt? Bleibt sie alleine zurück oder findet sie doch noch ihr Glück?"

**120 Seiten für 6,49 Euro**

## „Ein Pflaster für die Seele"
**Die ISBN lautet: 978-3-7460-7947-9**
**Altersempfehlung: ab 16 Jahre**

„ „Bloß keinen Arztroman." denkt sich Luisa, die Heldin dieser Geschichte, und ist doch schon mitten drin. Oder etwa nicht? Doktor Peters scheint genau ihr Fall zu sein. Wäre sie doch nicht so schüchtern und könnte auf ihn zu gehen. So bleibt ihr nur, in seinem Vorzimmer zu sitzen und auf den Blick seiner Augen zu warten. Gibt es da für sie die Hoffnung auf ein Happy End? Oder eher nicht?"

**112 Seiten für 6,49 Euro**


## „Das Tor zum Paradies"
**Die ISBN lautet: 978-3-7528-5837-2**
**Altersempfehlung: ab 16 Jahre**

„Drei junge Frauen verbringen den Urlaub gemeinsam. Sie sind Freundinnen und obwohl sie nicht auf der Suche nach dem Glück sind, finden sie es dennoch. Eine jede von ihnen anders, einzigartig und genau so, wie sie es sich schon immer, vielleicht ohne es zu wissen, gewünscht hat.

Geben sie ihrer Liebe eine Chance? Oder fahren sie, nach einem Urlaubsflirt, wieder alleine nach Hause?"

**124 Seiten für 6,49 Euro**

## „Ein Kater rettet das Weihnachtsfest"
**Die ISBN lautet: 978-3-7481-2863-2**
**Altersempfehlung: ab 16 Jahre**

„Ihr ganzes Leben scheint in Scherben gebrochen zu sein. Kurz vor Weihnachten sitzt Karo in ihrer Wohnung und heult sich ihre Seele aus dem Leib. Alles kommt ihr so sinnlos vor. Doch dann klopft ein kleiner Kater an ihr Fenster und wirbelt ihr ganzes Dasein durcheinander.

Wird es vielleicht doch noch ein schönes Weihnachtsfest für die junge Frau?"

**236 Seiten für 8,49 Euro**


## „Aurelia - Geliebter Engel"
**Die ISBN lautet: 978-3-7494-5128-9**
**Altersempfehlung: ab 16 Jahre**

„Aurelia ist seit über zweitausend Jahren als Engel der Liebe auf der Erde unterwegs. Viele Liebespaare hat sie schon mit ihren Pfeilen für immer aneinander gebunden. Doch diese neue Mission wird eine ganz besondere Erfahrung für sie.

Der Engel trifft auf eine Dämonin, die das Weltbild von Aurelia ins Wanken bringt. Warum kann sie selbst keine Liebe empfinden? Gemeinsam machen sie sich auf die Suche nach der Liebe, aber wird das vielleicht ihren Auftrag gefährden? Zumindest mischen die beiden unterschiedlichen Wesen die Stadt ziemlich auf und auch die Liebe kommt dabei nicht zu kurz."

**244 Seiten für 8,49 Euro**

## „Sieben Nächte im Paradies"

**Die ISBN lautet: 978-3-7347-6647-3**
**Altersempfehlung: ab 16 Jahre**

„Als Kind hatte Jasmin das Buch „Robinson Crusoe"
geliebt, aber da hatte sie auch noch nicht gewusst, dass es
sie an einem Freitag auf eine unbewohnte griechische Insel
im Mittelmeer verschlagen würde und ihr Robinson ihr
dermaßen unsympathisch sein würde, dass sie schreiend
davon laufen könnte. Aber die Insel ist eben nicht groß
genug dafür.

Kann sie noch gerettet werden, bevor sie und der Mann
sich gegenseitig an den Hals gehen? Oder beginnt in der
Abgeschiedenheit etwas ganz anderes?"

**244 Seiten für 8,49 Euro**

Aktuelle Informationen und Neuerscheinungen
finden sie immer im Internet unter:


**www.Goeritz-Netz.de**